KB105141

무명서생 장편 소설

FUSION FANTASTIC STORY

권왕강림 5

무명서생 장편 소설

초판 1쇄 찍은 날 § 2013년 2월 22일
초판 1쇄 펴낸 날 § 2013년 2월 28일

지은이 § 무명서생
펴낸이 § 서경석

편집부장 § 권태완
편집책임 § 어정원

펴낸곳 § 도서출판 청어람
등록번호 § 제1081-1-89호
등록일자 § 1999. 5. 31
어람번호 § 제1-1553호

주소 § 경기도 부천시 원미구 심곡2동 163-2 서경B/D 3F (우) 420-822
전화 § 032-656-4452   팩스 § 032-656-4453
http://www.chungeoram.com
E-mail § chungeorambook@daum.net

ⓒ 무명서생, 2012

ISBN 978-89-251-3192-4 04810
ISBN 978-89-251-3092-7 (세트)

拳王降臨

난양흥태

5

무명서생 장편 소설

FUSION FANTASTIC STORY

CONTENTS

CHAPTER **01**
반발

명실상부 상두는 이성만의 후계자가 되었다.

　여러 가지 우여곡절도 있었고, 아직 이성만 회장이 마음에 들지 않는 상두였지만 그래도 받아들였다.

　그의 사업을 이어받는다는 것은 이 나라의 가장 위세가 있는 인물이 된다는 것과 같은 뜻이었다.

　이성만으로부터 전반적인 가르침을 받고 있었다.

　가르침이라고 할 것도 없는 그런 것들이었지만 이성만은 그것이 즐거운 것 같았다.

　지금까지 자신의 뒤를 이을 재목이 없기도 했거니와 이제

나이도 있고 하니 물러날 때가 된 것을 느낀 것이다.

덕분에 상두는 굿디펜더의 대표에서 물러나야 했다.

아무래도 이성만의 일을 배우면서 대표로 있는 것은 꽤나 힘이 드는 일이었다.

거처도 이곳 강원도의 이성만 저택에 머물다 보니 서울까지 출근도 힘들었다.

덕분에 대주주 이사진으로 물러나고 CEO를 전면에 세웠다.

그렇다고 회사에 대한 장악력이 사라진 것은 아니었다.

단지 제왕학을 익혀나가며 성장하는 지금 순간이 더욱 중요할 뿐이었다.

"후우… 지루하다."

상두는 무료한 듯 기지개를 켰다. 가르침이라고는 해봤자 이성만의 일 처리 하는 것을 보고 그가 사람 대하는 것들을 보는 것이 전부였다.

이성만은 그의 행동거지의 전부를 보고 배우라 했지만 상두는 잠만 올 뿐이었다.

"그래도 빨리 이어받아야 한다."

그는 이성만의 저택에 서서 정원을 바라보았다. 하지만 그는 정원을 바라보지 않았다. 그의 눈은 저 멀리 이후를 바라보고 있었다.

그는 이제 이 나라에서 가장 위세가 높은 사람이 될 것이다.

　어쩌면 고려 무신정권 시절의 정방의 우두머리와 같은 사람일 것이다.

　하지만 그는 그것에 만족하지 않는다.

　그의 머릿속에는 더 큰 목표가 생기기 시작했다.

　'이 나라의 정점에 올라서는 것이다.'

　아무리 위세가 대단하다고 해도 그는 표면적으로 나설 수 없었다.

　정방의 우두머리 역시 황제는 아니었다.

　그렇게 상념에 잠겨 있는 가운데 한 무리의 중년들이 들어섰다.

　검은 양복을 차려 입은 그들은 상두를 본 척도 하지 않았다.

　아무리 나이가 많이 어린 상두라고 하여도 이성만의 유지를 이어받은 자이다. 이렇게 함부로 대할 자가 아닌 것이다.

　상두는 그들에게 기분 좋게 인사했다.

　"안녕하세요."

　그들에게 인사하고 싶지 않았지만 그래도 높은 자리에 있는 사람일수록 자신을 더 숙일 줄 알아야 하는 법이었다.

　그것이 이성만에게 배운 처세술 중 하나이다.

하지만 그들은 그의 인사도 받는 둥 마는 둥 하며 이성만의 서재로 향했다.

"저 많은 사람들이 모두 들어가기에는 비좁을 텐데."

상두는 고개를 절레 흔들며 혀를 끌끌 찼다.

그들이 이성만의 서재로 향한 지 거의 세 시간이 넘었다.

그동안 상두는 점심도 먹었고 앞산 산책까지 다녀왔다.

그제야 그들은 벌레 씹은 인상으로 저택을 빠져나가기 시작했다.

나가면서도 그들은 상두에게 인사 따위는 하지 않았다. 대놓고 그를 무시하고 있는 것이 아닌가.

"조금 기분이 나쁘기 시작하는데……."

상두는 이제야 약간은 기분이 상하기 시작했다.

하지만 그는 티를 내지는 않았다.

이런 것으로 화를 내기 시작한다면 그 역시 체면이 서지 않는다.

"후우… 한 단체의 우두머리라는 것은 이렇게 힘들구나."

그는 한숨과 함께 혀를 끌끌 찼다.

대륙에서도 이렇게까지 정점에 서 본 적은 없었다.

군대를 다뤘다고는 하지만 지휘보다는 자신이 먼저 적들을 쓸어버리면 나머지를 군단이 처리하는 식이었다.

이런 정치를 벌이는 세상은 자신에게 맞지 않다고고 느

끼는 상두였다.

그는 이성만의 서재로 향했다.

그들의 무슨 이야기를 했는지 궁금한 것이다.

상두 자신을 노골적으로 무시한 점이나 분위기로 봐서는 분명히 상두에 대한 이야기일 것이 분명했다.

그를 전면에 내세운 이성만에 대한 불만일 것이다.

그가 서재로 들어서자 이성만이 그를 반갑게 맞이하였다.

"저 사람들 왜 온 겁니까?"

상두의 물음에 이성만은 호탕한 웃음을 한번 보이며 대답했다.

"자네가 싫다는군."

역시나 상두에 대한 이야기가 오고간 것이었다.

"초등학생도 아니고 그런 식으로 세 시간씩이나 말하고 갔다는 겁니까?"

"후후……. 골자가 그렇다는 거지."

이성만은 답답한 듯 차를 한잔 들이켰다.

그렇게 반발이 없던 가신들과 측근들이었는데 이번만큼은 그의 결정에 반발을 보이고 있으니 답답한 것이었다.

"자네의 후계자 지목에 불만을 품은 자들이 꽤나 있어. 아무래도 자네는 내 혈육이 아니니. 하지만 걱정 말게나. 차근차근히 후계자 수업을 받아간다면 저들도 분명 인정해 줄 것이야. 자네는 누구도 아닌 내가 결정한 사내니까."

상두는 고개를 끄덕였다.

사실 그들의 반대 따위는 상두의 머릿속에 있지 않았다.

"물론 자네는 대범하기 때문에 이런 것에는 신경 쓰지 않겠지만 말이야, 껄껄껄!"

이성만은 다시 호탕하게 웃는다. 상두는 그런 그를 물끄러미 바라보았다.

이성만.

그는 세상의 악한 일은 모두 하며 이 자리에 선 사람이다.

하지만 요즘 들어 이렇게 소탈한 사람이구나 싶었다.

세상에 나쁜 사람이 어디 있겠는가. 세상이 사람을 나쁘게 만드는 것이지.

상두는 이참에 그가 행하고 있는 악행들을 조금씩 끊어갈 생각이었다.

그래서 그는 입을 열었다.

"드릴 말씀이 있습니다."

"말해보게."

"여자와 약에 관련된 사업은 접고 싶습니다."

상두의 말에 이성만이 눈살을 찌푸렸다.

창녀와 마약.

그것은 꽤나 쏠쏠한 수익원이다. 그것을 포기한다는 것은 큰 결심이 필요하다.

"그것들에게서 들어오는 돈이 얼마나 큰지 알고는 있는 겐가?"

"알고 있습니다."

상두는 고개를 끄덕였다. 이성만은 그런 그를 유심히 바라보았다.

"어차피 제가 회장님의 사업을 이어받게 된다면 그 사업들은 하지 않을 겁니다."

"하지만 그 관련된 가신들을 반발이 클 텐데……. 그 사업으로 쏠쏠한 자들이 몇이 있으니 말이야."

사실 이성만은 그 사업을 하는 이들에게서 상납금을 받고 있었다.

그 상납금의 액수만으로도 사업의 유지의 10퍼센트를 차지할 만큼 덩치가 컸다.

"그런 반발쯤은 생각하고 있었습니다. 하지만 저는 그런 사업을 하면서까지 돈을 모으고 싶지는 않습니다. 이미 회장님이 모으신 제산은 엄청나잖습니까. 게다가 이제 그런 사업을 하지 않아도 회장님께서 형성해 놓으신 인적 네트워크가 있습니다. 더 이상은 그런 사업에 기대지 않아도 됩니다."

상두의 말에 고개를 끄덕였다.

지금까지 이성만이 닦아 놓은 기반은 그렇게 강력한 것이었다.

이성만이 걱정하는 것은 돈이 아니라 그의 가신들의 반발이었다.

"하지만 반발이 심할 거야."

"어쩔 수 없습니다. 새 부대입니다. 새 술을 담아야지요."

상두의 굳건한 눈빛에 그는 고개를 끄덕일 수밖에 없었다. 도저히 고집을 꺾을 것 같은 눈빛이 아니었다.

"새 부대에는 새 술이라……."

이성만은 한숨을 내쉬며 잠시 생각에 잠겼다.

"어쩔 수 없군."

짙은 상념을 끝내는 그는 상두를 바라보며 말을 이었다.

"나는 이미 자네에게 사업의 전권을 넘기기로 했으니 더 이상 무슨 말을 하겠는가. 자네가 원하는 대로 하게나."

"제가 회장님의 가신들과 여러 사람들에게 알리겠습니다."

"그럴 필요 없네. 내가 하지."

아무래도 이성만이 발표하는 것이 가신들과 측근들의 반발을 최소화할 수 있을 것이다. 상두 역시 그것을 알고 있기에 고개를 끄덕였다.

*   *   *

이성만의 창녀와 마약에 관련된 사업을 하지 않겠다는 선언 발표되었다.

그것은 그의 밑의 가신과 여러 측근들에게 충격으로 다가왔다.

두 사업으로 인해 벌어들이는 돈이 그들의 사업에 큰 이익을 주는 것이 사실이었다.

그런 물고를 막아 버린다니 그들이 충격을 받는 것은 어쩌면 당연했다.

게다가 그것으로 재미를 본 것은 이를 바탕으로 성장한 부하들은 물론이고 이성만 또한 마찬가지였다.

당연히 그들은 이성만의 저택으로 몰려왔다.

가신도 두 명이 끼어 있는 이 무리는 모두 여섯 명이었다. 창녀와 마약으로 거액을 벌어들이는 인물들이었다.

그들의 얼굴에는 노기가 가득했다.

하지만 그들이 향하는 곳은 이성만이 아니었다.

그들이 향하는 곳은 바로 상두였다.

그들은 이 사건의 배후에 상두가 있다는 것으로 판단했다. 그것은 사실이었고 상두에게 항의하기 위해서 그를 향하는 것이었다.

상두는 저택 근처의 호수에서 낚시를 하고 있었다.

유유자적한 생활이 오랜만이라 그는 이 순간을 즐기고 싶었던 것이다.

"이보게, 박상두 군."

이성만의 가신 중 한 명인 '간명회'의 부름에 상두는 고개를 돌렸다.

"오랜만이로군요, 간 사장님."

그는 굉장히 여유롭게 그들의 인사했다. 그 모습에 이곳에 있는 모두가 약이 바짝 올랐는지 인상이 좋지 않았다.

"자네의 짓인가?"

"무엇을 말입니까."

상두는 그들이 무엇 때문에 그를 찾았는지 알고 있었다. 그저 모르는 척 대답한 것이었다.

"자네가 회장님을 부추긴 건가?"

"부추기다니요."

"이 자식이!"

가신은 그의 멱살을 거머쥐어 일으켰다. 상두는 헛웃음을 보이며 자리에서 일어날 수밖에 없었다.

"네놈이 약과 여자를 팔지 말게 하자고 회장님을 부추긴 거잖아!"

"그랬다면 어떻게 할 생각이십니까?"

그의 대답에 간명회는 그를 죽일 듯 바라보았다. 상두는 지지 않고 그를 쏘아보았다.

"그것으로 인해서 벌어들이는 돈이 얼마인 줄 알고나 하는 소리냐!"

"얼마를 벌든지 상관하지 않습니다. 회장님께 바치는 상납 금의 그 수익만큼 비율을 뺀 금액으로 받겠습니다. 그렇다면 이의는 없겠죠?"

"이 자식이!"

그는 상두의 얼굴을 후려쳤다.

하지만 그의 주먹에 쓰러질 상두가 아니었다. 그는 얼굴로 날아온 주먹을 한 손으로 잡고 간명회를 뒤로 밀었다.

"주먹은 함부로 날리는 것이 아닙니다. 저보다 나이가 한 참 윗연배인 것을 감사하게 생각하십시오."

상두는 그를 밀어붙였다. 모두들 쓰러진 간명회에게 달려 들어 일으켰다.

"당신네들이 다른 어떠한 사악한 짓을 하든지 상관하지 않 겠습니다만, 마약과 여자를 파는 것은 안 됩니다."

그는 뒤돌아서서 저택으로 향했다. 저들의 난입으로 낚시 를 할 흥이 깨져 버린 것이다.

"개자식! 후회하게 만들어 주마!"

간명회의 외침에 상두는 아무런 대답도 하지 않고 그저 저 택으로 향할 뿐이었다.

저택에 도착하자 이성만이 그를 불렀다.

그는 정원에서 상두를 맞이하고 있었다.

"무슨 일이십니까."

"사람을 잃지 말게나."

"무슨 말씀이신지……."

"지금의 사람들은 나를 있게 만들어준 사람들이야. 그런 사람들을 홀대하는 건 안 좋아."

상두는 히죽 웃음을 보였다.

"무슨 말씀이신지 알겠습니다. 하지만 저는 지금 그들을 홀대하는 것이 아닙니다. 더 나은 방향으로 이끌려는 겁니다. 이것도 리더십이 아닐까요?"

이성만은 상두의 말에 더 이상 말을 이을 수가 없었다. 아무리 어리다고는 하지만 그의 말에는 틀린 것이 없었다.

"그래, 그러지. 자네를 믿어봄세."

상두는 그의 대답에 고개를 숙여 인사하고 자신의 방으로 돌아갔다.

그날 밤.

상두는 잠이 오지 않아 좌식 책상 앞에 앉아 있었다. 스탠드를 켜놓고 오랜만에 책을 읽고 있었다.

"이렇게 책을 읽는 것도 오랜만인데?"

너무도 바쁘게 살다 보니 이렇게 한가하게 책을 읽은 것도 오랜만이었다.

그가 읽고 있는 책은 그저 가벼운 흥미 위주의 소설이었다.

근처에 서점이 없다 보니 인터넷으로 구매한 소설이었다.

가끔은 이런 소설도 읽어줘야 머리가 쉴 수 있어 좋을 것이다.

이렇게 머리를 쉬게 하는 것도 역시 오랜만이다. 그동안 너무 바쁘게 지낸 탓에 두통이 떠날 날이 없었다.

하지만 이제 크게 신경 쓸 것이 없다 보니 머리가 시원해지는 것을 느끼는 그였다.

"응?"

한참을 읽던 그의 눈동자가 잠시 흔들렸다.

무언가 기척을 느낀 것이다. 쉰다고는 하지만 그의 감각까지 쉬고 있는 것은 아니었다.

"거기 누구냐."

상두의 물음에 대답도 하지 않고 누군가가 달려들었다.

하지만 상두는 부드럽게 피하며 그를 쓰러뜨렸다. 그의 손에는 칼이 들려 있었는데 다시금 상두에게 달려들었다.

상두는 손을 강하게 내려쳐 검을 떨어뜨렸다.

암살이 무위로 돌아간 것을 느낀 상대는 빠르게 밖으로 뛰어나갔다.

그 움직임은 굉장히 날랬다.

굉장한 훈련을 받은 자임에 틀림이 없었다. 암살범은 그렇게 빠르게 담을 넘고 있었다.

"암살자이긴 한데 암살 능력이 형편없어."

움직임은 날랬지만 그 암살자는 분명 암살을 배운 자는 아니었다.

굉장히 어설픈 것이 사실이었다.

상두는 암살자를 잡기 위해 빠르게 그의 뒤를 쫓았다.

"무슨 일이십니까!"

갑자기 소란스럽게 밖으로 나온 상두에게로 경호원이 다가와 물었다.

"암살자."

"네?"

그가 제대로 대답을 하기도 전에 상두는 빠르게 뒤를 쫓았다.

"내부 소행자인가."

이곳은 경비가 아주 삼엄한 곳이다. 경비가 삼중 사중으로 되어 있는 곳이다.

어떻게 보면 청와대보다 더 경비가 삼엄한 이곳을 아무리 실력자라고 해도 그런 경비를 뚫고 침입할 수 있을 리 없었다.

그런데도 침입을 성공한 것을 보면 내부 소행자임이 틀림이 없었다.

"사주를 받은 것이겠고."

상두에게 앙심을 품은 자들이 그를 암살을 주도한 것이 분명했다.

그는 암살자의 행적을 더듬어 뒤쫓았다.

그에게 발각된 것이 부담이 되었는지 암살자의 이동은 산으로 향했다.

"산에서 숨겠다는 건가?"

상두는 비웃음을 보였다.

일반의 추적 같으면 산으로 도망가는 것은 탁월한 선택이다.

산으로 숨는다면 대규모의 수색이 아니면 찾기는 여간해서는 힘들다.

하지만 그것은 일반의 경우에 해당하는 것이다.

상두에게는 산이든 바다든 끝까지 추적할 재량이 충분히 있었다.

피스트 마스터의 능력을 보유한 그였으니까.

상두는 그렇게 산으로 들어섰다.

가지가 꺾인 모양과 발을 디뎠을 때에 남은 미묘한 아주 미묘한 온기를 더듬었다.

그렇게 몇 분을 더듬다 보니 수풀에서 미세한 숨소리가 들려왔다.

상두에게는 숨결에서 흐르는 습기까지 느낄 수가 있었다. 이런 숨소리를 내는 것은 들짐승이 아니다.

바로 인간의 숨결이다.

"나와라."

상두의 나지막한 음성.

갑자기 수풀이 후두둑 움직인다. 상두는 그와 반대쪽으로 이동했다.

움직임이 있는 곳은 속임수라는 것을 간파한 것이다.

"찾았다."

역시나 상두가 향한 쪽에서 남자를 발견할 수가 있었다.

정체가 발각되자 암살자는 마치 저승사자라도 만난 듯 뒤로 물러나 소리쳤다.

"으아아악!!"

"시끄러워!"

상두가 강하게 외치자 그는 입을 닫았다. 하지만 얼굴에는 두려움이 가득해 있었다.

"너는 경호팀의 일원이군."

그는 역시나 내부인이었다.

늘 저택을 호위하던 경호원 중에 한 명으로 상두에게도 낯이 익은 자였다.

"잘못했습니다! 잘못했습니다!"

그는 그대로 무릎을 꿇고 미친 듯이 빌기 시작했다.

상두는 그를 싸늘하게 바라보았다.

"아무리 계약 관계로 이어진 사이라고는 하지만 주인을 무는 개는 없다."

상두의 차가운 눈초리. 그의 눈빛을 참을 수 없었던 그는 흐느끼기 시작했다.

"죄송합니다. 정말 죄송합니다. 상두 씨를 죽이면 어머니의 병원비를 대준다고 해서……."

"그만."

이유는 듣고 싶지 않았다.

분명 그의 약점을 들어 말도 안 되는 일을 시켰을 것이 분명했다.

게다가 누가 사주했는지도 들을 필요 없었다.

바보가 아닌 다음에야 누구나 알 수 있는 상황이 아닌가.

게다가 가족을 미끼로 하는 것만큼 사람이 약해지는 것도 드물었다.

"이번 일은 불문에 붙이겠다."

"네?"

경호원은 놀라고 말았다.

분명히 그의 목숨이 달아날 것이라고 생각했었다. 하지만 의외로 상두는 그를 용서해 주었다.

"용서해 주겠다고. 그러니까 꺼져. 내 눈앞에 사라지란 말이다."

그의 말이 마치자마자 경호원은 미친 듯이 산을 달려 내려 갔다.

나무에 걸려 넘어져도 빠르게 일어나 내달렸다.

"후우⋯⋯."

한숨을 내쉬는 상두.

그는 자신의 해하려 했던 자를 용서했다.

사실 그가 무슨 죄가 있겠는가.

이자도 권력이라는 것에 놀아난 피해자일 뿐이다. 용서받지 못할 자들은 그를 사주한 자들이다.

상두는 도망치는 경호원을 모습을 바라보며 이를 갈기 시작했다.

"두고 보려고 했더니 이거 안 되겠군."

그는 이대로 공모자들을 모두 처단할까도 생각이 들었다.

하지만 그들 역시 이제는 그의 사람들이라 할 수 있었다.

그런 사람들을 무조건적으로 내치는 것은 아닌 것 같았다.

그때 그의 휴대전화가 울렸다.

"여보세요?"

박강석이었다.

상두가 회사의 대표를 내려놓고 난 뒤 가장 바빠진 것은 박강석이었다.

CEO로 세운 사람은 그렇게 유능한 사람은 아니었다.

이사진에서 전권을 행사하기 위해 세운 바지사장에 불과했다.

덕분에 이사진에서 가장 오래된 사람인 박강석이 나설 수밖에 없었다.

조폭의 중간보스 출신의 그가 회사의 전반적인 업무를 담당하려니 힘이 든 것이 사실이었다.

분에 넘치는 일을 하다 보니 눈코 뜰 새 없이 바쁘다가 이제야 짬이 나서 상두에게 전화를 한 것이다.

"알았습니다. 거기서 보죠."

상두는 전화를 끊었다.

박강석은 오랜만에 짬이 나서 바람이라도 좀 쐴 겸 상두 저택 근처 읍내에 도착했다고 한다.오랜만에 거나하게 소주나 한잔하자는 제의를 상두는 거절하지 않았다.

술이라면 그리 즐기지 않는 그였지만, 지금 그의 기분도 술 한 잔이 그리웠다.

아무리 대범한 척하려고 해도 사람과의 관계는 그렇게 잘되지 않는 상두였다.

그는 차를 몰고 읍내로 향했다.

읍내의 허름한 고깃집에서 강석은 이미 지글거리는 뒷고기를 안주 삼아 자작으로 술판을 벌리고 있었다.

"여어, 상두!"

그는 상두를 보자 즐겁게 인사했다. 이미 얼굴은 약간 취기가 오른 상태였다.

"혼자 자작한 겁니까."

"뭐 어때. 술이 고픈데. 네가 대표를 그만두고 난 뒤에 처음 마시는 술이라구. 그동안 얼마나 바빴는데."

그는 뭐가 즐거운지 연신 웃었다.

오랜만의 휴식이라고 할 수 있으니 즐거운 것도 어쩌면 당연하다.

"저도 술이나 한잔 줘보세요."

상두가 자리에 앉으며 술을 찾자 강석의 인상이 굳어졌다. 술은 거의 입에도 대지 않는 그였다.

"무슨 걱정이 있나 보군."

"어떻게 아셨어요?"

상두는 강석의 물음에 놀랐다.

"너를 봐온 지도 꽤나 됐잖아. 옆에서 24시간 본 적도 있고."

"그렇군요. 좀 힘드네요."

상두는 그저 술이나 한잔하려고 했더니만 속마음을 감출 수는 없었다.

강석은 그의 마음도 헤아려주는 형과 같은 존재였다.

"그쪽 사람들 드세지?"

강석의 물음에 상두는 고개를 끄덕였다.

"당연하지. 당연해……."

그는 소주를 한잔 들이켜고 말을 이었다.

"나도 처음에 중간 보스가 되었을 때 굉장히 반발이 심했어. 조폭들은 드세기로 둘째가라면 서러운 놈들이잖아? 성질 같아서는 다들 조져 버리고 싶었지. 하지만 나는 그때 참았어. 나를 죽이려고 린치를 가한 놈도 있었지만 말이야. 그렇게 참아내니까 놈들도 나중에는 나를 인정해 주더라고. 나중에는 나를 그렇게 싫어하던 놈들도 나를 위해서 목숨을 버릴 각오도 하더라. 사람 관계라는 게 그런 거야."

그의 말에 상두는 고개를 끄덕였다.

상두 역시 알고 있었다. 하지만 그 단순한 말이 그의 마음을 울렸다.

어떠한 것도 왕도는 없다. 참고 기다리는 것만이 방법일 것이다.

상두는 그것을 잊고 있었다. 그가 대륙에서 피스트 마스터의 자리에 오른 것 또한 참고 인내했기 때문이었다.

두 사람은 그렇게 즐겁게 술을 마셨다.

술을 잘 마시지 않는 상두였지만 오늘만큼은 기분 좋은 마음으로 술을 머리끝까지 마셨다.

오랜만의 술자리는 그렇게 상두의 마음에 매우 흡족한 것이었다.

*   *   *

저택이 시끌거렸다.

경호원들이 굉장히 바쁘게 움직였다. 오랜만에 이 저택에 많은 손님들을 맞이해야 했다.

상두가 이성만의 모든 측근과 가신들을 호출한 것이다.

이렇게 대규모로 모든 이를 부른 것은 상두의 후계자 지명 이후 처음이었다.

이성만은 모두를 호출하는 그의 모습에 우려를 나타냈다.

뒷방 늙은이가 되었지만 이성만 역시 상두의 암살 사건을 모르는 바는 아니었다.

그로 인해 측근과 가신들에게 불호령을 떨어뜨리려는 게 아닌가 생각한 것이다.

하지만 고급 요리사를 초빙해 부엌에서 요리를 준비하는 모습에 약간의 안도감을 나타냈다.

일단 연회를 준비하는 것을 봐서는 그런 일을 할 것 같지는 않았다.

이제 상두도 사람 귀한 줄 알게 되었다는 생각에 약간은 흐뭇한 미소를 짓는 것도 잊지 않았다.

음식이 차려진 곳은 정원이었다.

정원 전체에 의자와 테이블이 마련되었다.

그곳에 고급 일식 요리가 차려진다. 최고급 생참치회도 있었고 왜색이 짙은 요리가 즐비했다.

이런 정원으로 모든 이가 들어서고는 몇몇이 움찔했다.

이렇게 고급 요리가 차려져 있을 것이라고 생각하지 못했다.

그들은 상두를 암살을 사주했고 그렇다 보니 그것이 실패하여 큰 경을 칠 것이라고 예상한 채 긴장해 있었다.

하지만 예상과는 전혀 다른 것이 그들을 기다리고 있었다.

그것은 바로 지금 눈앞에 펼쳐진 이러한 환대였다.

그들은 뒷맛이 찜찜해 침을 꿀꺽 삼키고 자리에 앉았다.

얼마 뒤 상두가 나타났다.

이번에는 이성만은 대동하지 않았다.

이성만은 서재에서 조용히 앉아 있었다.

이것은 이제 이 저택의 주인은 이성만이 아니라 상두라는 것의 표현일 것이다.

그가 자리에 앉자 많은 이들이 긴장을 늦추지 않았다.

이렇게 연회를 베푼다고 해서 그가 용서하리라는 법은 없었다.

특히나 간명회는 속이 타들어갔다.

그가 바로 상두의 암살을 사주한 공모자들의 수장이라 할 수 있는 자였기에.

상두가 입을 열었다.

"일단 술을 한잔 들이켭시다."

상두가 작은 잔에 술을 따르자 나머지 인원도 술을 따랐다. 그리고 입에 술을 가져가 마시는 찰나 상두가 말을 이었다.

"누군가가 저를 죽이려고 했습니다."

간명회는 잠시 움찔했지만 티를 내지 않으려 술을 제대로 마셨다.

하지만 몇몇의 간이 작은 이들은 술이 목에 걸린 듯 쿨럭거렸다.

모두의 시선이 그들로 향했다.

"이미 어떤 이들이 공모했는지 알고 있습니다."

상두의 말에 공모자들은 부들부들 떨고 있었다.

간명회는 티를 내지 않으려 애써 웃음 지었지만 그의 손이 조금씩 떨리는 것은 어쩔 수가 없었다.

상두가 자리에서 일어나 간명회 앞으로 갔다.

자신만만한 웃음.

간명회의 이마에서 한줄기 땀이 타고 흐른다.

"날씨가 많이 더운가 보군요."

"아닙니다. 늙어서 그런지 식은땀이……."

상두는 약간은 비웃음을 띄우며 간명회의 술병을 들었다.

"술잔이 비었군요."

그러자 간명회는 떨리는 손에 힘을 주며 술잔을 들어 술을
받았다.

술병이 술잔에 닿자 다다다닥 소리를 냈다.

간명회의 눈가가 파르르 떨린다. 자신의 두려움이 들켰다
생각한 것이다.

하지만 상두는 그것을 눈치채고도 아무렇지 않은 듯 술을
끝까지 따랐다.

"이제 새 술이 담겼습니다. 당신의 마음에도 새 술이 담기
길 바랍니다."

상두는 그렇게 말을 남기고 자리에 앉았다.

'무서운 놈.'

간명회의 등은 식은땀으로 모두 젖어 있었다.

이렇게까지 대범하게 나올지 상상도 못한 것이었다.

자리로 돌아간 상두는 모두를 한 번 아울러 바라보며 술잔
을 들어 올렸다.

"나는 이 술을 마시고 나를 암살하려고 했던 자를 묻어두기로 했습니다."

모두들 술렁였다.

이곳에 있는 모든 이들이 상두를 암살하려는 사건이 있었다는 것을 알고 있었다.

오늘은 그자들을 찾아내 문책하는 자리로 알고 있었다. 하지만 그는 그 사건을 묻어둔다고 한다.

"그러니 여러분들도 술잔의 술을 비우고 나에 대한 악감정을 버리기를 바랍니다."

상두가 술잔을 들었다.

그러자 나머지 인원들도 술잔을 들었다.

상두의 호방함에 감동한 사람도 있고 분위기에 휩쓸린 사람도 있었다.

하지만 어안이 벙벙한 것은 모두가 같았다.

상두가 술을 마셨다.

그러자 모두들 따라 술을 마셨다.

"이것으로 모두가 한마음이 되기를 바랍니다."

상두의 말에 모두들 고개를 끄덕였다.

이것으로 모든 사건이 일단락이 나기를 바라는 상두의 바람은 어느 정도 전해진 것 같았다.

하지만 아직도 간명회는 앙금이 남아 있는지 인상을 찌푸렸다.

그렇게 연회가 이어졌다.

맛있는 음식들과 좋은 음악들이 어우러져 모두들 웃고 즐겼다.

이번 사건으로 확실히 상두는 가신들과 측근들에게 눈도장을 찍었다.

많은 이들이 상두의 대범함에 감명을 받은 것이다.

한참을 이어지던 연회가 끝났다.

많은 이들은 상두에게 고개 숙여 인사하며 떠났다.

많은 사람들이 그를 이성만의 후계로 인정한 것이다.

하지만 그 가운데 간명회는 떨떠름한 표정으로 고개를 숙였다.

그는 아직까지 상두를 인정할 수가 없었던 것이다.

아직도 상두에게 이야기를 나누는 사람들도 있는 가운데 간명회는 서둘러 차에 올랐다.

"제기랄."

그는 차에 오르며 욕을 내뱉었다.

"기분이 굉장히 나빠 보이는군요."

갑자기 나타난 목소리에 간명회는 화들짝 놀랐다.

하지만 그의 옆자리의 목소리의 주인공을 확인하자 안심한 듯 말했다.

"뭐야, 너냐. 몇 번을 이렇게 나타나는 너지만 그때마다 놀란단 말이다. 어느 정도 표시를 낼 수는 없나?"

목소리의 주인공을 그는 알고 있는 듯했다.

목소리의 주인공은 평범한 여성의 모습이었다.

하지만 그녀의 눈동자에 별무늬가 있는 것이 범상치 않았다.

"그러고 싶지 않은데요?"

그녀는 훗 하는 웃음을 보였다.

"잘 안되죠, 그죠?"

그녀의 물음에 간명회는 고개를 끄덕였다.

"내가 그랬잖아요. 이계인은 그런 식으로 다루면 안 된다고."

그녀의 말에 그는 고개를 끄덕였다.

"이계인이고 뭐고 간에 그 녀석은 보통의 방식으로 다루면 안 되는 놈이었어."

간명회는 이를 빠득 갈았다. 아직까지 상두에 대한 감정이 풀리지 않은 것 같았다.

"그러니까 이번에는 내가 나설게요."

그녀의 말에 간명회는 씁쓸한 미소와 함께 고개를 끄덕였다. 상두라는 인물이 만만찮은 상대라는 것을 깨달은 것이다.

"하지만 어떻게 그놈을 요리할 생각인가?"

"나한테도 다 생각이 있어요."

그녀의 말에 간명회는 고개를 끄덕였다.

자신이 어떻게 할 수 있는 인종이 아닌 상두다.

이렇게 해서라도 상두를 반드시 제거하고 싶은 마음이 굴뚝같았다.

CHAPTER **02**
이계인 (1)

"헉… 헉…….."

상두는 어깨를 늘어뜨린 채 숨을 헐떡거리고 있었다.

그의 온몸은 피투성이였다.

땀과 함께 버무려져 옷은 완전히 더러워져 있었다.

고전하고 있다.

상두가 이 세계에서 처음으로 고전하고 있었다.

그는 두려움에 주위를 두리번거렸다.

그의 동체 시력으로도 잡히지 않는 상대였다.

그의 동체 시력에도 잡히지 않는 존재가 이 세상에 존재할

리 없었다.

"뭐지? 이게……."

그는 눈앞이 아련하게 흐려지고 있었다.

그제야 흐려진 시야에 들어오는 사람은 평범하게 생긴 소녀였다.

상두는 정신을 잃지 않으려 다시 눈을 크게 떴다.

"대륙의 전사. 피스트 마스터 카논."

상두의 동공이 커졌다. 그녀는 그의 정체를 알고 있었다.

"도대체 그것을 어떻게 알고 있는 거야?"

"일단 나를 잡아보고 그런 걸 물어봐!'

다시 그녀의 모습이 흩어졌다.

'또 시작이냐……!'

갑자기 다시 시야에서 사라지며 상두를 압박해 오는 소녀.

쉭쉭 소리와 함께 상두의 몸에서 마치 피가 분수처럼 뿜어져 나왔다.

'도대체가 어떻게 이런…….'

상두는 공격한번 제대로 하지 못하고 그대로 무릎을 꿇었다.

*　　　*　　　*

이틀 전.

상두는 여느 때와 같이 산책을 즐기고 있었다. 시간을 들여 사색을 하며 산책하는 것은 그의 삶에 윤활유 같은 것이었다.

요즘 저택에 들어온 이후로 가장 바쁜 일정을 소화하고 있는 중이라 그는 이런 여유를 가지는 시간이 더욱 소중했다.

연회 이후에 이성만은 본격적으로 사업에 전반적인 것을 알려주게 되었다.

가신들도 인정한 진정한 후계가 되어서인지 이제야 제대로 된 후계 수업을 시작한 것이다.

덕분에 배워야 할 것도, 기억해야 될 것도 이번보다 굉장히 많아졌다.

"역시나 어렵다니까."

그는 고개를 절레 흔들었다.

인정받는 것은 좋았지만 또다시 머리를 쓰는 일을 해야 하는 터라 상두는 좀이 쑤셔왔다.

그래서 매일 이 산책은 빼놓지 않고 있었다.

아픈 머리에는 이곳의 공기는 특효약인 듯 좋았다. 머리가 많이 시원해지는 느낌이었다.

"많은 일들이 있었지."

이렇게 이성만의 후계가 되기까지 꽤나 많은 일들이 있었다.

보통의 사람 같았다면 삶을 세 번은 살아야 경험할 수 있는 일들을 몇 년 사이에 한꺼번에 경험했다.

요 십 년도 채 안 되는 시간에 일어난 일들을 소설로 엮으면 책 한 권 분량 이상은 나올 것이다.

그야말로 파란만장.

파란만장한 만큼 얻은 것도 많았다.

게다가 이 나라의 정점이라고 할 수 있는 자의 후계에까지 올랐다.

"하지만 이것은 끝이 아니야. 시작이지."

그렇다.

이 나라를 좌우하는 이성만의 뒤를 이어 간다고 해도 이것은 끝이 아니다.

그가 원하는 세상을 세우는 시작에 불과하다.

대륙에서도 꾸지 않았던 꿈을 그는 이곳에서 꾸고 있었던 것이다.

그는 이런저런 상념과 함께 굉장히 먼 곳까지 이동해 있었다.

굉장히 넓은 개활지였다.

사람은 보이지 않았고 바람만이 부는 곳이었다. 이곳까지 온 것은 처음이었다.

"언제 이런 곳까지 온 거지?"

꽤나 멀리까지 돌아왔다. 상두는 돌아가기 위해 다시 발걸음을 돌려 재촉했다.

"늦으면 또 영감쟁이가 난리칠 거야."

이성만의 호통 소리가 듣기 싫었다.

제대로 된 수업을 시작한 이후 이성만은 성격이 달라진 듯 호통이 많아졌다.

깐깐한 꼰대 같은 노인네의 전형으로 되어 버린 것이다.

"어디를 그렇게 급하게 가시나요?"

그의 눈앞에 한 소녀가 서 있었다.

아무도 없는 허허벌판에 서 있는 굉장히 평범한 느낌의 소녀.

묘했다.

아주 아름답거나 아주 추한 사람이 아니라 평범했기에 더 묘한 인상을 풍겼다.

마치 헛것을 본 것 같은 느낌이었다.

그녀에게서 흘러나오는 기운은 굉장히 강렬했다.

수많은 전투를 겪은 무장에게서나 흘러나올 법한 그런 투기도 있었고, 요녀에게서 흘러나오는 야릇한 음기도 느껴졌다.

여러 가지 소녀에게서 흘러나와서는 안 되는 기운이 버무려져 상두의 온몸에 긴장감이 팽배해지기 시작했다.

그는 의례적으로 굉장히 경계를 하고 있었다.

"누구냐."

"알아 맞춰 보시든지."

갑자기 그녀의 모습이 흩어진다.

"아니!"

상두는 굉장히 놀라고 말았다. 그의 동체 시력에 잡히지 않았다.

'이건 말이 안 돼!'

역시나 평범한 소녀가 아니었다.

이 세상에 그의 동체시력으로 잡지 못할 사람은 없었다.

하지만 그의 눈에 지금 소녀의 모습은 보이지 않았다.

'이건 현실이 아니야!'

그는 식은땀을 흘리며 주변을 두리번거렸다. 이 거짓말 같은 현실을 부정하고 싶은 마음이 가득했다.

"귀신인가!"

그렇다 보니 생각난 것은 초자연적인 현상.

현실적이지 않은 이 모습을 부정하려다 보니 그런 것에까지 생각이 뻗친 것이다.

"아닌데?"

갑자기 모습을 나타낸 소녀.

그녀는 손을 들었다.

'공격이다!'

상두는 공격을 막기 위해 방어 자세를 취했다. 동시에 상두의 귀를 울리는 공기를 가르는 옅은 파공음!

휙휙휙!

소리가 끝마쳐지기도 전에 그의 온몸에 피가 분무기로 뿌린 듯 뿜어져 나왔다.

그야말로 찰나의 순간이었다.

"크윽!!"

상두는 알싸한 고통에 정신이 번쩍 드는 것 같았다.

'잡아내자! 내가 잡아내지 못할 공격은 없다!'

그는 정신을 집중하여 눈을 굴리고 또 굴렸다.

그는 다른 육체를 입었지만 정신과 영혼은 분명 대륙의 피스트 마스터 카논이다!

'안 보일 리가 없어!'

하지만 그의 눈에 보이지 않았다.

현실은 냉혹하리만큼 그에게 유리하지 않았다.

'눈으로 보이지 않는다면 대기의 떨림으로 찾으면 된다.'

그는 눈을 감고 정신을 집중했다.

너무도 약한 사람들이 살고 있는 이세계에 적응하다 보니 감각으로 적을 찾는 법을 간과하고 있었던 것이다.

인간은 적응의 동물이라지만 이렇게 감각이 퇴화되는 것

은 반갑지 않았다.

하지만 상두는 잊고 살았던 것일 뿐, 감각이 퇴화된 것은 아니었다.

"여기냐!"

상두는 빠르게 손을 뻗으며 눈을 떴다.

정확했다.

그의 감각은 전혀 녹슬지 않았다!

"속임수지롱!"

하지만 잠시 그녀의 모습이 나타나는 듯하더니 훅하고 흩어졌다.

"어디야!"

다시금 그녀의 위치를 파악을 위해 대기의 떨림을 느끼기도 전에 다시 휙휙휙 하는 소리가 울렸다.

역시나 그의 몸에서 상처가 생겨나며 사방으로 피가 뿜어져 나왔다.

"헉… 헉……."

상두는 숨을 헐떡거리며 무릎을 꿇었다.

그러자 그의 눈에 다시 소녀의 모습이 나타났다.

평범해 보이는 소녀였지만 그녀의 오른쪽 동공에서 별 모양이 선명하게 빛나는 것을 발견할 수가 있었다.

이 세계에는 이런 눈빛을 가진 자를 본 적이 없었다.

"대륙의 전사. 피스트 마스터 카논."

상두의 눈이 커졌다.

그녀는 상두의 정체를 알고 있었다.

그가 피스트 마스터였다는 것을 알고 있는 사람은 이 세상에 아무도 없었다.

말하면 안 되었고 말할 필요도 없어 입 밖에 내지 않았다. 그런데 그것을 그녀가 어떻게 알고 있는 것일까.

그렇다면 그녀는 대륙의 사람인가?

"도대체 그것을 어떻게 알고 있는 거야?"

상두는 정말로 궁금했다.

"일단 나를 잡아보고 그런 걸 물어봐!"

다시 그녀의 모습이 흩어졌다.

또다시 울리는 쉭쉭 소리와 함께 다시금 상두의 몸에서 마치 피가 분수처럼 뿜어져 나왔다.

'도대체가 어떻게 이런……'

상두는 더 이상 버틸 수가 없는 듯 숨을 헐떡거렸다.

"약하군. 피스터마스터라는 칭호가 아까운데?"

그녀는 상두를 바라보며 비웃었다.

"저, 정체가 뭐냐. 대륙에서 왔나……?"

상두의 물음에 그녀는 히죽 웃음을 보이며 대답했다.

"눈치 한 번 되게 빠른데, 오빠?"

그녀는 노골적으로 비웃음을 보이며 말을 이었다.

"나 역시 대륙에서 왔지. 이 세상의 기준에서는 이계인이야. 바로 당신처럼."

이제야 모든 것이 이해가 되었다.

대륙에서 온 사람이라면 상두를 이렇게 어린애 가지고 놀듯이 가지고 놀 수 있을 것이다.

바꿔 말하면 지금의 상두의 육체는 생각보다 아주 많이 약하다는 것이다.

수십 명을 때려눕히고 총알을 피해도 아직 많이 모자라다.

그것이 현실이었다.

"아무리 당신이 본인의 육체를 지니고 있지 않다고 해도 이 정도까지는 아닐 텐데? 평화에 젖어버린 거야?"

그녀의 물음에 상두는 씁쓸한 웃음을 보였다.

아주 틀린 말은 아니었다. 여러 가지 일이 바빠서 수련을 게을리했다.

정진하지 않으니 퇴보하는 것은 어쩔 수 없었다.

그가 퇴보한 것도 사실이지만 그녀의 실력 또한 만만치 않았다.

상두는 그의 능력을 팔 할 이상 끌어 올려서 그녀를 대하고 있었다.

그런 상두를 어린아이처럼 가지고 놀았으니 그녀의 실력

은 상두의 지금의 온전한 실력의 두세 배는 될 것이다.

그 정도라고 한다면 대륙에서도 알아주는 용사가 될 수 있었다.

그렇다는 것은 그의 앞에 있는 이 소녀 역시 용사에 준하는 힘을 가지고 있다는 말이 된다.

그녀의 얼굴에서는 이제 비웃음이 사라지고 쓸쓸함이 감돌았다.

"실망이야. 피스터 마스터잖아, 당신은."

상두는 묵묵부답이었다.

"당신은 대륙의 희망이었잖아!"

"예전에는 그랬지."

"닥쳐……!'

그녀의 눈에서 살기가 이글이글 피어올랐다. 그와 함께 실망감도 적잖게 드러나고 있었다.

"지금 당신 같은 사람을 죽여서는 내 명예에 금이 갈 거야. 지금이라도 당장 죽일 수도 있지만, 일주일의 말미를 주겠어. 그때까지 내가 죽여도 쾌감을 느낄 수 있고 명예를 지킬 수 있는 사람이 되어서 나타나. 그렇지 않으면 엄청난 고통 속에서 죽게 해줄 테니까."

"뭐, 어떻게 해도 죽이겠다는 거냐?"

상두의 너스레에 그녀는 헛웃음을 보였다.

"지금 허세를 부릴 때가 아닐 텐데?"

"허세를 부려야 마음의 안정이 조금 될 것 같아서 말이야."

상두의 말에 그녀는 이죽거렸다.

"여튼 간에 보름을 주겠다."

"내가 도망칠 수도 있는데?"

"이미 당신의 몸에 추적 마법을 걸었어. 함부로 도망치지 못할 거야."

"쳇, 마법사 클래스냐?"

상두의 물음에 그녀는 희미하게 웃고는 대답했다.

"아니, 마법사 클래스는 아니야."

그리고는 혹하고 사라지는 그녀였다.

"도대체가……."

그는 비슬비슬 몸을 일으켰다.

"크윽……!"

그는 현기증에 몸을 비틀거렸다.

피를 너무도 많이 흘려서 어지러웠다. 그나마 다행인 것은 상처는 그리 깊지가 않았다.

"봐준 거군."

완전히 농락당한 것이었다. 죽이려고 마음을 먹었다면 너무도 쉽게 끝낼 수 있었을 것이다.

하지만 그녀는 그를 살려주었다.

"그래도 기회가 생긴 건가. 고마워해야 할까? 크크큭."

정말로 명예 때문인지는 몰라도 일단은 시간을 벌었다. 그것이 상두에게는 기회였다.

"후우……. 이제 한계인가?"

그는 손을 바라보았다.

이 육체는 그의 것이 아니다.

그의 영혼과 동기화가 어느 정도 되었다고 해도 백퍼센트 완벽하게 육체를 운용할 수는 없었다.

사실 이 정도까지 버텨 준 것만으로도 감사할 따름이다.

하지만 이것만으로는 부족하다.

그녀는 정말로 그를 죽일 수 있는 실력자였다. 이대로는 개죽음을 당할 뿐이었다.

"역시 최후의 수단을 쓸 수밖에 없는 것인가?"

상두는 치를 떨었다.

"그런 수련을 또 해야 되는 거야……? 싫은데……. 그 방법까지 사용하게 될 줄은 몰랐는데…… 정말, 정말 싫다……."

그는 굉장한 수련 방법으로 강해지려는 것 같았다. 하지만 여간 힘든 훈련이 아닌 듯 그는 진절머리를 냈다.

"그래도 어쩔 수 없지. 살기 위해서는……."

상두는 그렇게 읊조리고는 머리를 절레 흔들었다.

"일단 돌아가볼까. 영감의 잔소리가 또 늘어지시겠군."

아무도 없는 이 허허벌판을 어깨를 늘어뜨린채 절레절레 걸어 나갔다.

*　　　*　　　*

"여기서 뭘 한다는 거야?"

강석은 깊은 산속에 있는 토굴 앞에 서서 이죽거렸다.

이곳까지 올라오느라 그는 땀이 범벅이 되었다. 그만큼 깊은 곳이었다.

상두는 그런 그를 보고 뭐가 그리 즐거운지 히죽하며 웃음을 보였다.

"이건 도대체 언제 만든 거야?"

"요 며칠간 만든 겁니다."

이 토굴은 며칠간의 시간을 투자해 상두가 만들어낸 것이었다.

새로운 수련을 위해서 필요한 공간인 것이다.

헬기와 여러 가지 기구를 총동원했다. 자금도 자금이지만 이성만의 인적 네트워크가 없었다면 불가능한 작업이었다.

역시나 권력이 좋긴 좋은 것이었다.

토굴의 입구에는 그것을 막을 수 있는 크기의 커다란 바위가 있었다.

이런 크기의 바위를 옮기려면 도대체 어떤 헬기가 동원된 것인가?

"반대편에 출구는 있는 거야?"

강석의 물음에 상두는 고개를 가로저었다.

"그럼 한번 들어가서 막으면 못 나오겠구만."

강석이 혀를 끌끌 찼다.

"도대체 무슨 엉뚱한 생각을 하고 있는 거야?"

또 무슨 엉뚱한 일을 벌이려는지 강석은 머리가 아파왔다. 게다가 지금 벌이는 이 엉뚱한 일은 어쩌면 생명이 걸린 일일 수도 있었다.

"일주일이 지나도 내가 나오지 못하면 바위 문을 걷어내 주세요. 그것은 내가 죽었다는 의미니까요."

"뭐?!"

강석은 화를 내는 듯 눈을 크게 떴다. 역시나 이번 일은 생명이 걸린 일이었다.

한참 동생뻘인 그가 죽는다는 말을 하니 기가 찬 노릇이었다.

강석은 상두를 타이르기로 결심하고 입을 열었다.

"무슨 장난을 치려는지 모르겠지만 이건 아닌 것 같다."

"장난 같습니까?"

하지만 상두의 의지에 더 이상 말을 할 수가 없었다.

그의 눈은 희번뜩 불꽃이 뿜어져 나오고 있었다.

그런 눈빛을 하고 있는 상두는 정말로 결의를 했을 때임을 강석은 알고 있었다.

"살 도리는 만들었지?"

그의 물음에 상두는 다시금 그를 쏘아 보았다.

"장난이 아니면 됐지, 왜 성질이냐."

"미안합니다."

상두는 그렇게 사과하고 토굴 안으로 들어섰다.

그러자 미리 대기하고 있던 지게차가 바위를 들어 토굴 입구에 내려놓아 닫아 버리고 말았다.

"인사도 없이 들어 가냐."

강석은 혀를 끌끌 찼다.

하지만 걱정이 밀려오기 시작했다. 저 안에서도 도대체 어떻게 나온다는 말인가.

"정말 괜찮은가? 안으로 먹을 것 하나도 들고 가지 않았는데……."

걱정은 꼬리를 물고 또 걱정을 몰고 왔다. 그는 한참을 토굴 앞에서 떠날 생각을 하지 않고 있었다.

"정말로 괜찮으려나……."

그는 다시금 한숨을 내쉬며 토굴을 입구를 바라보았다.

기다란 입구를 타고 들어갔다. 얼마쯤 걸어가니 넓은 회랑과 같은 곳에 연결되어 있었다.

꽤나 많은 공사비를 두고 만든 인공 토굴. 지지대도 여러 개 받쳐 놔서 절대로 무너지지 않을 것이다.

안으로 들어선 상두는 주위를 두리번거렸다.

그가 만든 곳이긴 하지만 약간 으스스한 것이 다시 보아도 정이 가지 않는 곳이었다.

한참을 둘러보던 상두는 회랑과 연결된 통로의 끝에 서서 손을 뻗었다.

그러자 그의 손에서 영롱한 푸른빛이 맺히기 시작했다.

그는 통로의 끝에 영롱한 빛을 내뿜었다.

뿜어진 빛은 입구에 응결되며 반투명한 막으로 형성되었다. 상두는 그 막을 향해 돌멩이를 던졌다.

돌멩이는 튕겨져 나갔다.

"흠…… 이 정도면?"

그는 옆에 나뒹구는 머리보다 더 큰 돌덩이를 훌쩍 들었다. 그리고 힘차게 던졌다!

돌덩이는 방어막에 부딪쳐 가루처럼 바스라들었다.

"흠…… 이 정도면 기초는 완성이 된 것이지?"

그는 그렇게 읊조리고는 주변에 켜놓은 횃불들을 모조리 꺼트렸다.

"어차피 꺼질 테지만 뭐 그래도……."

공간이 완전히 어두워지자 그는 눈을 감았다.

눈을 감으나 감지 않으나 같은 상황.

하지만 그는 그대로 정좌하고 명상에 잠겼다.

얼마의 시간이 흘렀는지는 모른다.

그렇게 명상에 잠긴 지 두세 시간은 지났을지 모른다.

정확히는 얼마나 흘렀는지 모르는 시간 그의 온몸에서 푸른 영롱한 빛이 빛났다.

그는 서서히 눈을 뜨고 위를 향해 손을 뻗었다. 동시에 충격파가 강하게 뿜어져 나와 천장에 부딪쳤다!

콰지직!

세상이 무너지는 것 같은 요란한 소리와 함께 조금씩 천장에 금이 가기 시작했다.

갈라진 금 사이로 물기가 스며 나오더니 이윽고 물방울이 되어 떨어졌다.

이윽고 천장은 이제 누수를 견디지 못하는 듯 붕괴되었다. 구멍이 뚫리고 물이 한꺼번에 쏟아져 내렸다.

엄청난 양의 낙수!

하지만 상두는 전혀 두려워하지 않았다. 이것은 상두가 이미 만들어 놓은 상황이… 강하게 떨어지는 낙수를 그대로 받아들였다.

동굴 안에 물이 가득 찼다. 삽시간에 동굴 안에 물이 가득 차 있었다.

천장도 이중으로 되어 있었는지 막혀 있었다.

진퇴양난.

어디로도 도망칠 수 없는 상황이다. 아무리 상두가 연출한 상황이라고는 하지만 이제 그도 공포가 밀려왔다.

'이 수련은 언제나 싫단 말이다……!'

스승에게 배운 수련법.

목숨을 내려놓고 자연과 합일을 이루는 수련법이다.

이것이 완성이 되면 그의 힘은 지금보다 열 곱절 이상은 강해질 것이다.

하지만 두려웠다.

이 수련법의 극심한 고통을 잘 알고 있기에 더 공포가 밀려온 것이다.

'크윽……!'

이 상태로 몇 분이 지났는지 모른다.

숨이 막혀 온다.

몸속에 내제되어 있는 힘을 사용해서는 안 된다. 순전히 본인 그대로의 힘을 사용해야 하다 보니 지금의 육체로는 십분 이상 버티기 힘들 것이다.

언뜻 언뜻 몸속의 에너지가 본능적으로 솟아나려 했지만

그것을 이성으로 눌렀다.

이성으로 힘을 내리 누르기도 힘든데 외적으로 숨이 막혀 오니 죽을 맛이었다.

'크윽……!'

그는 이제 더 이상 참지 못하는 순간까지 다가오고 있었다. 이대로는 정말로 죽을 지도 모른다.

'느낌을 찾아야 한다! 느낌을!'

살려고 발버둥칠수록 이곳에서는 살아날 수 없었다.

이 상황을 받아들이려고 노력에 또 노력을 했다.

그렇게 몸부림치던 상두는 그대로 몸이 축 늘어졌다.

고요하다.

태초의 물속처럼 고요했다. 하지만 태초에 고요한 물속에서 생명체는 태동했다.

물은 인간에게 아니 모든 생명체에게 고향이다. 물은 생명에게 힘을 줄 것이다.

갑자기 상두의 눈이 번쩍인다!

그 빛은 그의 몸 전체로 이동했다.

물속이지만 그는 마치 공기 중에 있는 것처럼 아무렇지 않은 듯 움직이고 또 이동했다.

'이제 시작인가…….'

그의 눈이 이전보다 훨씬 더 명민해졌다.

풍겨지는 기운 역시 굉장히 강해졌다는 것을 알게 해주었다.

간명회는 손톱을 물어뜯고 있었다.

나이 육십에 가까운 남자가 손톱을 물어뜯으니 보기가 그리 좋지는 않았다.

굉장히 불안해 보였다.

손톱을 물어뜯는 것도 모자라 그는 담배를 입에 물었다. 삽시간에 담배 한 개비를 빨아 당겼다.

그리고 재떨이에 부벼 껐다. 재떨이에는 그가 피워댄 담배로 가득 넘쳤다. 그런데도 다시 입에 담배를 물었다.

"제길! 제길! 상두놈……."

지금까지 상두는 아무런 반응이 없었다. 분명히 실패했다. 그렇다면 그에게 린치를 가해도 이상하지 않다.

"빌어먹을 년……."

자객이라고 하는 자가 상대를 살려주었다고 한다.

죽일 가치도 없는 인물이라는 이유에서였다.

자객 주제에 죽일 가치를 논한다는 것이 정말 우스운 일이었다.

그 이후에 상두는 잠적했는지 모습을 보이지 않았다. 측근의 말로는 잠시 쉬러 여행을 갔다는 이야기를 들었다.

하지만 그것은 눈속임이고 언제고 자신에게 달려와 죽일 지도 모른다.

이 세계는 바로 그런 세계다.

상두 역시 이 세계에 들어왔으니 그 룰을 따를 것이라는 불안감이 가득했다.

"도대체 어디로 사라진 거야."

차라리 행적을 알 수 있으면 덜 불안할 것이다.

오히려 눈에 보이지 않으니 그의 존재 두려움으로 가득 다가오는 것이다.

"제기랄… 제기랄……!"

그는 욕설을 내뱉으며 계속해서 줄담배를 벅벅 피워댔다. 사무실에는 이미 하얀 연기로 가득해 너구리 사냥을 하는 것 같았다.

"무슨 연기가 이렇게 많지?"

누군가가 안으로 들어왔다.

그는 바로 자객으로 보냈던 눈동자에 별무늬가 있는 소녀였다.

그녀는 손을 휘휘 저으며 인상을 찌푸렸다.

"무슨 낯짝으로 이곳에 온 거야!!"

암살을 실패한 자객이 당당히 이곳에 들어와 있다.

간명회의 속이 부글부글 끓어올랐다.

"꺼지라고!"

그는 명패를 들고 그녀에게 던져 버렸다.

하지만 그녀는 빠르게 날아오는 명패를 손으로 잡았다.

"소중한 명패잖아요?"

그녀는 저벅저벅 걸어와 다시 책상에 명패를 내려놓았다. 간명회는 그녀의 능력에 다시 두려움을 느꼈다.

"이제 일주일 정도 남았어요. 왜 그렇게 걱정을 하고 있죠?"

그녀는 아무렇지도 않다는 듯 읊조리고는 창문을 열었다.

"이런 공기는 좋지 않아요. 환기 좀 시켜요."

그녀는 공기가 시원해짐을 느끼고 소파에 앉았다.

아무리 두렵다고는 해도 간명회는 그녀의 여유가 넘치는 태도가 마음에 들지 않았다.

덕분에 눈초리는 좋지 않다. 계속해서 그녀를 째려보듯 주시하고 있었다.

"상두와 만날 수 있는 연줄을 대주면 죽여준다고 했던 사람이 너야. 도대체 왜 이렇게 여유를 부리는 거지?"

"걱정 말라니까요. 저는 강해요."

그녀의 자부심에 간명회는 어쩔 수 없이 한숨을 내쉬었다.

그는 누구보다 잘 알았다.

그녀가 강하다는 것을.

그녀를 처음 봤을 때 그의 경호원 수십 명을 그대로 쓰러뜨려 병원 신세를 지게 만들었다. 가녀린 여자가 말이다.

그때의 강렬함은 아직도 그의 뇌리에 깊게 박혀 있었다. 그것 덕분에 이렇게 여류를 부려도 참고 넘어갔던 것이다.

하지만 참는데도 한계는 있는 법.

"일주일 이후에도 처리하지 못하면 나도 더 이상 못 참아."

간명회의 폭탄선언 하듯 입을 열었다. 그러자 그녀의 눈이 싸늘해졌다.

"못 참으면 어떻게 할 건데요?"

그녀의 눈에는 살기가 가득했다. 눈빛만으로도 그를 얼어 죽을 것 같은 느낌이었다. 애써 냈던 용기가 쑥하고 들어갔다.

"그, 그러니까 그냥……."

간명회는 말을 더듬었다 그만큼 그녀의 위압감은 엄청난 것이었다.

"하등한 인간 주제에."

그녀는 그렇게 말을 남기고 자리에 앉았다. 간명회는 굴욕감이 느껴졌다.

육십에 가까운 그가 한낱 소녀에게 이렇게 겁을 먹는 것 자체가 굴욕이 아닌가.

"커피 좀 내오라고 해요."

그녀는 간명회에게 명령하듯 요청했다.

기분이 나빴지만 어쩔 수 없이 비서에게 커피를 내오라 명했다.

"나는 커피가 그렇게 좋더라."

그녀의 온 목적은 바로 이곳에서 내주는 믹스 커피였다.

더 좋은 커피도 많았지만 그녀는 이 믹스 커피에 꽂혔다.

달달하며 쌉싸름한 느낌이 어떤 차도 따라오지 못할 맛으로 느낀 것이다.

비서는 이윽고 커피를 내어왔고 그녀는 커피를 고급커피를 마시듯 우아하게 마셨다.

그 모습을 간명회는 복잡한 눈빛으로 바라보았다.

*   *   *

등산복 차림의 박강석은 토굴로 향했다. 토굴의 바위문을 열 지게차 기사도 대동했다.

그의 표정에는 심각함이 감돌았다.

아무래도 상두의 마지막 말이 마음에 걸린 것이다.

"빌어먹을 놈. 젊은 놈이 죽는다는 말이나 하고……."

그는 걱정을 한가득 안고 산을 올랐다.

"험하긴 왜 이렇게 험해."

산새는 정말로 험했다.

주인이 없는 산이라고도 하고 호랑이가 있다는 소문도 있었다.

그 소문과 험준한 산세 덕분에 간간히 멧돼지들이 낸 길만 보일 뿐 올라갈 수 있는 길이 없었다.

이런 곳에 지게차를 어떻게 올렸는지 상두의 능력이 놀랍기만 했다.

토굴의 입구에 도착했다.

며칠 전과 마찬가지로 지게차는 그대로 있었다.

아직 문이 그대로 있는 것으로 봐서는 상두는 그대로 토굴 안에 있는 것이 확실했다.

"저 무거운 문을 어떻게 열려고……."

그는 걱정이 한가득 안고는 지게차 기사에게 눈짓했다.

기사는 고개를 끄덕이고 지게차를 향했다. 조금이라도 빠르게 그를 구해내고 싶었던 것이다.

"잠깐."

강석이 지게차 기사를 제지했다.

"이 소리는?"

콰지직거리는 무언가 깨지는 소리가 미세하게 들려왔다. 불길한 예감이 든 강석은 유심히 바위문을 바라보았다.

돌가루가 조금씩 떨어지고 균열이 이는 것을 발견할 수 있었다.

"피해요!"

강석의 외침에 기사는 놀란 듯 머뭇거렸다. 행동이 굉장히
굼떴다.

"피하라고요!!"

그의 급박한 외침에 당황한 기사는 조금씩 움직였다. 아무
래도 대수롭지 않게 받아들인 것이다.

"아! 답답해!"

강석은 그가 답답한 듯 빠르게 달려 나가 그를 잡아 이끌었
다.

그와 함께!

쿠르르릉!!

천둥이 치는 것 같은 소리가 온 산을 울리며 바위가 깨졌
다!

바위가 깨지는 것과 동시에 수로에서 물 빠지듯 급류가 쏟
아져 나왔다.

조금만 늦었어도 급류에 휩쓸려 지게차 기사는 사고가 났
을 것이다.

"도대체 뭐야, 이거."

강석은 당황했다. 이정도 양이라면 토굴 안은 물로 가득 찼
을 것이다.

도대체 상두는 이런 상황 속에서 살아는 있는 것인가!

이윽고 물살이 점점 약해지고 이제 거의 흐르지 않을 때쯤.

"상두!"

상두의 모습이 드러났다.

온몸이 물에 젖은 그는 굉장히 몸이 말라 있었다.

하지만 그의 눈빛은 깊이를 알 수가 없었다.

무언가를 초월한 너머를 바라보는 모습이었다.

그에게서 흘러나오는 기운은 엄청난 압도감이 느껴졌다.

어쨌든 상두는 살았다.

안도감에 강석은 그대로 무릎을 꿇을 것만 같았다.

하지만 곧바로 상두를 향해 달려가 그를 부축했다.

"도대체 무슨 일이 있었던 거야?"

강석이 달려와 그의 상태를 살폈다.

하지만 그는 아무런 대답도 하지 않고 그저 환하게 웃을 뿐이었다.

상두의 그 웃음이 너무도 환해 몹시 강렬한 빛을 보는 것만 같았다.

"이제 그만 내려가죠?"

그의 말에 강석은 고개를 끄덕였다.

온몸이 젖은 상두는 성큼성큼 산 아래로 내려갔다.

몸이 많아 여위었는데도 발걸음에는 힘이 가득했다.

상두가 저택에 도착하자.

"이놈아!!"

이성만의 호통이 저택을 크게 울렸다.

쩌렁쩌렁하게 울리는 목소리에 상두는 귀가 먹먹한 듯 귀를 후벼 팠다.

"도대체 어디를 갔다 온 게냐!!"

이제 마치 손주를 나무라듯 그를 대하는 이성만.

악한 이라고 생각했지만 그것은 돈을 벌기 위해, 권력을 가지기 위해 애를 쓴 결과이다.

사람이 처음부터 악한 사람이 누가 있겠는가.

지금의 모습은 손주를 걱정하는 할아버지의 모습과 별반 다르지 않았다.

상두는 한참을 이성만에게서 엄청난 잔소리를 들어야만 했다.

하지만 그것이 그렇게 나쁘게 느껴지지 않는 상두였다.

지금까지 아무도 그에게 이런 식으로 호통을 쳐준 사람은 없었다.

대륙에서는 부모가 어릴 적부터 없었다.

이 세계에서의 어머니는 유한 성격이었고, 아버지는 그에게 호통을 칠 자격이 없었다.

어쩌면 그는 이렇게 살가운 호통이 고팠는지도 모른다.

그렇게 한참을 잔소리를 듣고 난 뒤에야 상두는 저녁식사를 할 수 있었다.

함께한 강석은 그렇게 저녁식사 때까지 계속 벌서듯 있어야 했다.

저녁을 거나하게 먹고 상두는 강석과 따로 이야기를 나눴다.

"도대체 거기서 뭘 한 거야?"

"수련 좀 했습니다."

"수련? 도대체 사업가가 무슨 수련은 수련이야."

강석은 의아했다.

이성만의 사업을 배우는 것에 정력을 쏟아도 모자란 판에 육체 단련이라니.

이해가 되지 않는 행동이었다.

"암살자가 붙었어요."

상두의 짧은 대답.

굉장히 놀라워야 하는 이야기이지만 강석은 그리 놀라지 않았다.

"놀라지 않네요?"

"어차피 이 바닥이 그런데 놀랄 것까지야. 그런데 왜 네가 해결하려는 거지? 밑에 사람들을 이용하면 되지."

"그런 차원의 암살자가 아닙니다."

"프로페셔널인가?"

"그 이상입니다."

이제야 조금 놀라는 분위기였다.

프로페셔널을 능가하는 암살인종들이 있단 말인가?

강석은 생전 처음 듣는 말이었다.

"내가 사람을 소개시켜 줄까?"

"아니요. 내가 혼자 처리하고 싶습니다.

"혼자서는 위험할 텐데."

"괜찮아요. 저 혼자 해야 하는 일이니까요."

강석은 고개를 끄덕였다.

더 이상 묻는 것은 어쩐지 실례가 될 것만 같았다. 상두라 면 혼자서도 잘 해결할 것이다.

"오늘은 자고 가시죠?"

상두의 배려에 그는 고개를 절레 흔들었다.

"이제 돌아가야지. 몸조리 잘하고."

강석은 그렇게 말하고 자리에서 일어났다. 상두를 챙긴다 는 이유로 회사 일을 너무 등한시했다. 다시 이사 박강석으로 돌아가야 하는 시간이었다.

상두는 문밖까지 배웅하였다.

그는 돌아가는 강석의 모습을 물끄러미 바라보았다.

이제는 다시 그를 보지 못할 것 같은 이상한 예감이 들었다.

그렇다고 상두 본인이 이번 대결에서 죽을 것이라는 생각 따위는 들지 않았다.

그런 비극적인 결말로 인한 예감이 아니었다. 그저 다른 이유로 그를 다시는 볼 수 없을 것만 같았다.

그는 늦은 밤인데도 산책을 했다.

마음이 뭔가 답답했던 것이다. 산책을 하면 어느 정도 풀릴 것이라는 판단이었다.

밝은 달빛이 아주 시원하게 아래를 내리비쳤다.

그는 그저 걷는 것이 아니라 걸으면서 주변의 에너지를 흡수하고 있었던 것이다.

이번 수련으로 그의 에너지를 담는 그릇이 많이 커졌다.

이 세계에서는 그것을 단전이라고 부르는 것 같았다.

그릇이 커진 만큼 그곳에 담을 에너지는 언제나 가득 채워 놓아야 한다.

확실히 에너지의 총량이 커진 만큼 이전보다 훨씬 강력한 힘을 발휘할 수 있을 것이다.

"하지만……."

그는 주먹을 꼭 쥐었다.

분명 그는 강해졌다.

하지만 강해졌다고 해도 그 별 문양의 눈동자를 가진 소녀를 이길 수 있을지는 미지수였다.

아무리 힘이 강해졌다고 해도 본래의 육체에서 내뿜는 힘에 비하면 아무것도 아니었다.

"내가 왜 이렇게 약해진 걸까."

그는 자신을 자책했다.

힘이 약해진 것이 문제가 아니었다. 마음 자체가 약해진 것이 문제였다.

평화로운 세상에 살다보니 그의 마음에서 연약한 부분이 불거져 나온 것이다.

"힘을 내자!"

그는 자신의 얼굴을 손바닥으로 착착 쳤다.

이길 수 없다고 생각하는 적이라고 해도 그는 언제나 힘을 내어 이겨내곤 했다. 이번에도 분명히 그럴 수 있을 것이다.

그렇게 사색하며 산책하던 상두는 걸음을 멈추고 읊조렸다.

"이제 그만 나오지그래?"

그의 말이 마침과 동시에 그의 맞은편으로 소녀의 모습이 드러났다.

지금까지 상두를 미행했던 것이다.

"지금이라도 붙어볼 생각인가?"

상두의 물음에 그녀는 고개를 절레 흔들었다.

의외의 반응이었다.

이렇게 미행을 했다는 것은 급습으로 승기를 잡으려는 속셈일 텐데 그녀는 달랐다.

"당신을 죽여도 되는지 아닌지 판단하러 왔어."

그녀의 말에 그는 쓴웃음을 지었다.

"피스트 마스터였던 나를 검증하겠다?"

피스트 마스터가 다른 이에게 힘을 검증받아야 하는 굴욕을 맛보고 상황.

쓴웃음이 절로 나올 수밖에 없었다.

"일단 굉장히 강해지긴 한 것 같네. 정말로 좋은 결투가 될 거 같아."

그녀는 무미건조하게 상두에게 읊조렸다.

"당신의 이름을 물어봐도 될까?"

문득 상두는 그녀의 이름을 물었다. 잠시 머뭇거리는 그녀는 상두에게 왜냐는 눈빛을 보냈다.

"아아……. 목숨을 걸고 피 튀기는 결투를 할 사이인데 이름 정도는 알아야 하지 않을까?"

그의 물음에 그녀는 재미있다는 듯 웃음을 보이며 입을 열었다.

"아르페지오."

"좋은 이름이군. 하지만 성을 말하지 않는 것으로 보아 귀족은 아닌가?"

상두의 물음에 그녀는 부끄러운 듯 고개를 끄덕였다.

"나도 본래 출신은 귀족이 아니었어."

그가 히죽하고 웃으며 말을 잇자 그녀는 인상을 찌푸리며 연기처럼 사라졌다.

"약속한 시간에 이곳으로 나와라."

그녀의 마지막 목소리도 연기처럼 허공에서 흩어져갔다.

CHAPTER **03**
이계인 (2)

상두는 그의 방에서 혼자서 차를 마시고 있었다. 하지만 이렇게 있어서는 안 된다.

　오늘이 바로 아르페지오와 약속한 그날이다.

　허나 그는 여유를 부리고 있었다.

　그 역시 생각 없이 있는 것은 아니었다.

　어차피 수련은 모두 끝났고, 그런 상황에서의 수련은 그저 몸을 혹사시키는 것일 뿐이다.

　조용히 몸의 긴장을 풀고 있는 편이 더 효율적일 것이다.

　차를 마시던 상두는 자리에서 일어났다.

그는 스마트폰을 품에서 꺼내 시간을 확인해 보니 약속한 시간에 가까워졌다.

오늘 하루 종일 메시지 확인도 안하고 전화도 받지 않았더니 부재중 통화와 메시지가 굉장히 많이 있었다.

목록을 지우는 그는 조용히 읊조렸다.

"다녀와서 보내면 되겠지."

그는 쓴웃음을 지으며 나아갔다.

정원에서 이성만이 정원수를 다듬고 있었다.

"여어……. 하루 종일 방 안에 칩거 중이더니 이제 나올 생각이 들었나?"

상두는 그를 바라보며 고개를 끄덕이며 대답했다.

"산책 좀 하고 오겠습니다."

이성만은 평소와는 다른 분위기에 의아했다.

평소보다 훨씬 차분하고 해야 할까? 하나 그렇다고 해도 그것은 분위기일 뿐이다.

평소와 다르지 않는 모습에 고개만 갸웃거렸다.

"잘 다녀오게나."

그의 인사에 상두는 웃음을 보이며 고개를 끄덕였다.

"꼭 돌아와야 하네."

하지만 이성만은 그의 태도에 의아함을 느끼고 다시금 그에게 다짐시켰다.

상두는 그의 인사에 두 눈을 꼭 감고 빠르게 걸음을 내질렀다.

죽음을 앞두고 있을지도 모르는 상황.

하지만 가는 내내 마음은 초연했다.

언제나 이런 고비를 넘기지 못한 적이 없었다.

수만의 군사 앞에서도 떨지 않았던 그였다.

그저 초연히 현실에 순응할 뿐이었다.

하지만 불안감이 없다면 그것 또한 거짓말이다. 어느 정도의 불안감이 있었다. 그 이유는 죽음 때문이 아니었다.

그의 실력이 얼마나 늘었는지 알 수 없기 때문에 느껴지는 부담감이었다.

이곳에는 가늠할 상대가 없었기에 더했다.

약속 장소에 도착했다.

아무도 없는 들판.

바람이 이는 갈대밭 사이로 소녀가 서 있었다.

그녀는 아르페지오.

하지만 예전과는 사뭇 다른 모습이었다.

금발이었고 서양과 동양을 조화롭게 믹스한 얼굴이었다. 이것은 대륙에서의 인종의 모습 그대로였다.

오른쪽 눈동자에 새겨진 별의 문양은 그녀가 아르페지오인 것을 설명해 주었다.

그녀의 모습이 흩어지듯 사라졌다.

"문답무용이라는 것인가!"

상두는 눈을 감았다.

예전보다 훨씬 더 강렬해진 감각으로 그녀의 위치를 파악했다.

한줄기 이마에 땀방울이 흐르고 공격하려는 아르페지오의 모습이 드러났다!

"지금이다!"

상두가 아르페지오를 향해 주먹을 강하게 내질렀다.

하지만 그녀는 훅하고 사라졌다.

"재미있어 지는군!"

상두의 얼굴에 희열이 느껴졌다.

강한 자와의 대결.

이 세계에서는 어떠한 자도 그에게 이런 희열을 주지는 못했다!

이 희열을 다시 맛보자 그는 마치 대륙에 있는 것만 같은 착각을 느꼈다.

상두는 이제 가만히 기다리지만은 않았다. 그대로 빠르게 달려들었다.

이제 그녀의 느낌을 감각에 새겼다.

눈을 뜨고서도 그녀의 위치를 파악할 수 있을 것이다.

"장난은 그만둬!"

상두는 공중으로 훌쩍 뛰어올랐다.

그 높이는 상당했다. 이대로 가속도를 높여 떨어지며 공격한다면 굉장한 파괴력이 나올 것이었다.

오랫동안 모습이 사라지는 것을 유지 못하는 듯 그녀의 모습이 다시 나타났다.

"거기냐!"

상두는 빠르게 하강하여 주먹을 그녀를 향해 내질렀다!

콰가가가가가강!

충격파로 요란한 소리와 함께 매캐한 흙먼지가 사방으로 뿜어졌다.

"헛손질이로군."

상두는 주먹을 거두었다.

하지만 그녀에 대한 경계는 게을리하지 않았다. 언제 어디서 나타나 그를 공격할지 몰랐다.

"강해졌군요."

멀리서 상두를 바라보는 아르페지오.

그녀의 얼굴에 실선처럼 핏자국이 새겨져 약간의 피가 흘러내렸다.

상두의 첫 공격이 무위로 그친 것은 아닌 것 같았다.

"쉰 소리는 그만하고 대결해야지. 암살을 포기할 거야?"

상두의 물음에 그녀는 훗 하고 웃고는 상두에게로 달려들었다.

"당연지사!"

그녀는 사라지지 않았다.

아무래도 그것은 그녀에게 체력적 부담이 꽤나 가중되는 듯했다.

오히려 이런 식으로 빠른 속도로 상두를 공략하는 것이 더 나은 방법일 것이다.

"하압!"

그녀는 기합과 함께 손을 뻗었다.

휘힉 소리가 나며 그녀의 손이 보이지 않을 정도로 움직였다.

하나…….

상두는 그녀의 공격을 모두 피하고 있었다.

이전에는 피할 수가 없이 그저 당하기만 했었다. 수련이 효과가 분명히 있었다!

효과가 있다는 것을 느낀 상두는 자신만만해졌다. 불안감은 사라지고 희락만이 남았다.

그렇게 내지르는 그녀의 공격 속도가 미세하게나마 느려졌다.

상두는 그것을 간파했다. 그녀의 공격을 막아내기 위해 빠르게 손을 뻗었다.

"잡았네."

상두는 그녀의 손을 잡았다.

그녀는 당황하여 눈을 크게 떴다.

아무리 피스트 마스터의 영혼이 들어가 있는 육체라고는 하지만 이렇게 짧은 시간에 강해질 것이라고 생각을 못한 것이다.

하지만 상두는 해내고야 말았다.

상두는 주먹을 들었다.

그대로 내려치면 그녀는 죽을 것이다.

암살을 목적으로 상두에게 다가섰으니 당연한 결과다.

"관두자."

하지만 상두는 주먹을 내렸다. 아르페지오는 눈을 크게 떴다.

"왜지?"

"뭐가?"

그녀의 물음에 상두는 되물었다.

"왜 죽이지 않지? 난 너를 암살하려고 했어."

"암살? 난 지금 정정당당한 대결을 했을 뿐이야. 대결에서 너는 패했다. 이미 결과가 났는데 목숨을 거둘 필요는 없지."

상두는 그녀의 손을 놓고 돌아섰다.

돌아서는 그의 등이 굉장히 넓어 보였다.

비겁하게 등을 보이는 것과는 차원이 달랐다.

넓어 보이는 것을 넘어서 마치 태산을 보는 것만 같았다.

"마스터 카논!"

그녀는 상두를 대륙의 사람처럼 크게 외쳐 불렀다.

상두라는 이름에 익숙해지는 그는 금방 돌아보지 못했다.

"아… 왜?"

자신의 이름이 카논이었다는 것을 깨달은 상두는 뒤를 돌아보았다.

그러자 반 무릎을 꿇고 그에게 예를 표하는 아르페지오를 볼 수가 있었다.

"카이난 기사단 수석기사 아르페지오 인사드립니다."

카이난 기사단.

대륙 오피니아를 통틀어 가장 강한 기사단 중에 하나가 아닌가.

"카이난 기사단이 무슨 일로 나를 찾아온 것이지?"

상두의 물음에 아르페지오는 고개를 끄덕이더니 대답했다.

"마신 카이데아스가 부활했습니다."

카이데아스.

마신 중의 마신.

파괴의 본질 카이데아스!

카이데아스라는 말에 상두의 눈동자의 동공이 커지며 온 몸이 부들부들 떨려왔다.

"마신 카이데아스가!!"

그의 눈에 이글거리는 진노가 불타올랐다.

"내 목숨을 바쳐 봉인한 카이데아스가!!"

상두의 온몸에서 불이 확학 오르듯 그렇게 노기가 가득 찼 다.

상두는 아르페지오를 저택으로 데리고 왔다.

일단은 조용한 곳에서 이야기를 더 나눠야 할 것 같았다.

경호원들은 새로운 인물이 등장하자 경계하는 눈초리를 버리지 않았다.

이곳은 이성만과 약속된 사람이 아니면 드나들 수 없는 곳 이기 때문이다.

"내 지인입니다. 그리고 나를 찾는 사람이 있다면 없다고 전해주세요."

경호원은 고개를 끄덕였다.

상두는 이성만의 후계이다.

그의 지인이라면 이성만과 약속된 사람과 동일하게 처리 해도 될 것이다.

하지만 의심의 눈초리는 이제 약간 음흉한 빛을 띠었다.

경호원으로서의 직업의식으로서 표정이 드러내지 않으려 노력했지만 상두가 그의 미묘한 표정을 읽은 것이다.

"흠흠……."

상두는 주의를 주기 위해 헛기침을 했다.

자신의 표정이 들킨 것을 알게 된 경호원은 화들짝 놀랐다. 하지만 다시 자세를 잡고 평소처럼 행동했다.

두 사람은 상두의 거처로 향했다.

이동 간에 이성만과 마주쳤다.

"왔는가."

상두는 그저 고개만 숙여 빠르게 인사할 뿐이었다.

그의 뒤로 여자가 따라오는 것을 본 이성만은 음흉한 눈초리로 말했다.

"어허, 여자를 달고 오면 어떻게 하나."

"그런 사람 아닙니다."

상두는 그렇게 말하고 거처로 들어갔다.

거처에서 펼쳐놓은 아르페지오의 이야기는 충격적이었다.

상두, 아니 카논이 목숨을 걸어 봉인한 파괴의 본질 마신 카이데아스.

그는 대륙의 역사상 출연했던 여러 위험 중에서도 가장 강대했다.

삽시간에 대륙은 마계의 압제에 신음해야 했다.

대륙에서 최고의 영웅이라 불리던 카논이 나설 수밖에 없었다.

그를 봉인하기 위해 카논은 목숨을 걸었다.

그의 노력에 하늘도 감복했는지 카이데아스의 봉인은 성공했다.

하지만 그 여파로 저주를 받아 이렇게 카논은 상두로서 살아가고 있는 것이다.

그 카이데아스가 부활했다.

대륙의 약소국 중 하나가 카이데아스의 힘을 이용하기 위해 부활시켰다는 것이다.

하지만 카이데아스는 그 약소국의 마음대로 되지 않았고 오히려 세상에 다시 마수를 뻗친 것이다.

"큰일이군……."

상두는 한숨을 크게 내쉬었다.

그나마 다행인 것은 부활한 카이데아스의 힘이 예전만큼은 아니라는 것이었다.

덕분에 대륙의 정복이 더뎌지고 있다고 한다.

그렇다고 하더라도 상두 아니, 카논이 없는 오피니아에서는 그를 막아낼 인물이 없었다.

그만큼 카논의 힘 역시도 비정상적인 것이었다. 어쩌면 그의 힘과 균형을 맞추기 위해서 카이데아스가 나타났는지도 모른다.

하지만 균형을 맞추기에는 카이데아스의 힘은 너무나도 강대했다.

카논도 사실 봉인할 수 있을 가능성이 있어서 덤벼든 것은 아니었다.

어쩌면 운이 좋았기 때문에 가능한 일이었을지도 몰랐다. 하늘의 축복이 없었다면 불가능했으리라.

"그래 지금 대륙의 상황은 어떠한가?"

상두의 물음에 그녀의 얼굴이 어두워진다.

"대륙의 3분의2 이상이 카이데아스에게 점령당했습니다. 마계의 문은 열리고 이미 대륙은 마물의 세상입니다."

상두는 '끙' 하는 한숨을 내쉬었다. 이대로라면 곧 대륙은 마계의 손에 넘어가게 될 것이다.

자신의 고향, 자신의 조국이 마신의 압제에 신음하고 있다.

벗어날 방법은 없었고 그저 하늘의 가호만 기다리는 상황.

"당신의 힘이 필요합니다. 당신의 소환을 위해 백 인의 마법사의 목숨을 바쳐야 했습니다. 당신이 아니면 카이데아스를 물리칠 수 없습니다."

그녀의 말에 상두는 고개를 끄덕였다.

그녀의 말은 맞았다.

지금은 영웅이 필요하다. 카논과 같이 경천동지할 힘을 지닌 자가 필요한 시점이다.

하지만…….

"난 이제 카논이 아니야. 상두라는 이 세계의 인물이야."

지금 그는 카논이 아니다. 그 경천동지할 힘이 지금 그에는 없었다.

그래도 아르페지오는 적잖게 실망한 기색이 역력했다.

"당신은… 내가 알고 있는 당신은 어떠한 위협에도 굴하지 않고 대륙을 지켜낸 영웅이라고 들었습니다."

그녀의 눈에는 눈물이 맺히기 시작했다.

그녀는 목숨을 걸고, 그리고 모든 것을 걸고 카논을 찾아왔을 것이다.

그에게 모든 희망을 걸고.

하나…….

카논은 이제 카논이기를 거부한다.

"너도 보았겠지만… 내 힘은 카논일 때의 힘이 아니야."

상두는 씁쓸한 웃음을 보였다.

그는 아무리 발버둥쳐 봐도 옛날 카논의 힘을 다시 가질 수가 없었다.

그런 상황에서 카이데아스에게 달려든다는 것은 정말로 계란으로 바위치기였다.

카이데아스와 대결했을 때에도 그에게 어느정도 피해를 줄 수 힘이 있었다.

그렇기에 카논이 어느 정도 피해를 입힌 상태에서 이후를 대륙의 다른 자에게 넘기려고 했던 것이다.

하지만 지금은 상황이 다르다.

"당신, 카논이 있는 것만으로도 오피니아의 사람들에게는 힘이 됩니다."

에르페지오의 말대로 카논은 그러했다.

존재만으로도 사람들에게 힘이 되어주는 그런 존재.

"하지만… 나는 상두야."

하지만 이제 그는 카논임을 잊고 산 지 오래다.

육체도 카논이 아니고 힘도 카논이 아니다.

게다가 상두는 이곳에서의 삶도 포기할 수가 없었다.

카논 이전에 삶을 살아왔던 '상두' 에 대한 예의였다.

그리고 이곳에서의 부모님들도 있었고, 그를 믿고 따르는 사람들이 이곳에서도 많았다.

대륙으로 돌아간다면 이 모든 이들에게 대한 배신일 것이다.

"당신은 대륙의 수억의 사람들의 목숨을 무시하겠다는 겁니까. 대륙의 영웅 카논이!"

그녀는 자리에서 벌떡 일어났다.

상두는 더 이상 그녀의 말에 동조할 것 같아 보이지 않았다.

"다시 문이 열리는 것은 일주일 뒤입니다. 당신이 이 세계에 도착했던 그 설악산입니다. 그 문을 열기 위해서 또 백인의 마법사의 목숨이 사라지겠죠."

그녀는 문을 열고 밖으로 나갔다.

"마스터 카논, 당신에게 정말로 실망했습니다."

그녀는 그렇게 말하고 저택을 떠났다.

남겨진 상두.

아니 카논.

그의 눈동자가 흔들렸다.

"카이데아스……. 놈……!"

카이데아스가 다시 부활했다는 것은 그의 마음에 불을 당겼다.

하지만 지금 그의 힘으로는 카이데아스의 발끝도 못 미친다.

"이제 한계야……."

그는 아르페지오와의 결투도 느낀바가 많았다.

이 육체는 이제 이 이상 단련을 한다는 것은 불가능하다는 것.

이 정도의 힘을 가지고 있다고 해도 대륙에서는 탑클래스의 힘이라고는 하지만 마신과의 전투는 무리에 또 무리이다.

힘이 약한 것만으로도 문제가 아니었다.

이제 상두로서의 생활도 그에게는 소중한 것이다.

이곳에서도 그를 믿고 따르는 이들이 있다. 그들을 버릴 수는 없었다.

그의 머리는 복잡한 생각들이 유리 파편처럼 뒤엉켜 아파왔다.

"일주일 뒤라……."

하지만 대륙도 포기할 수 있는 상황은 아니다.

언제나 그는 불가능하다고 해도 일단 부딪쳐 보자는 것이 그의 지론이었다.

그의 사고방식으로도 포기해서는 안 되는 상황.

"미치겠군."

그는 그냥 털썩 누워 버렸다.

"내일 일은 내일 고민하자!"

이불을 머리끝까지 두고 잠이 들기 위해 애썼다.

일단은 오늘은 자고 싶었다.

*   *   *

아르페지오는 설악산을 오르고 있었다.

외국인으로 보이는 사람이 설악산을 오르니 등산객들은 신기한 듯 그녀를 쳐다보았다.

그녀는 어느 정도 오르자 등산로를 벗어났다.

그녀가 가고자 하는 것은 사람이 발길이 닿지 않는 숲속이었다.

그곳은 카논이 이 세계에 도착한 곳이다.

수백 인이 피를 토하는 노력 끝에 추적해서 찾은 장소.

험한 숲속을 빠르게 지났다. 거친 암벽도 올랐고 가파른 절벽도 지났다.

한 시간 정도를 오르자 장소에 도착할 수가 있었다.

"아직 게이트가 열리지는 않았네."

게이트는 지금으로부터 한 시간 정도 뒤에 열릴 것이다. 어느 정도 오차는 있겠지만 그 정도의 시간이 걸릴 것이다.

그녀의 얼굴에는 초조함이 가득 차 있었다.

"곧 있으면 게이트가 열리는데……."

곧 있으면 문이 열리고 대륙으로 돌아가야 하는데 카논이 오지 않을 것이기 때문이다.

그녀는 한숨을 내쉬었다.

그렇게 호소했다.

대륙을 위해 호소했다.

하지만 카논은 받아들이지 않았다.

그녀는 아무런 소득이 없이 돌아가야 했다.

이백 인이라는 마법사들의 목숨값을 갚지도 못한 채.

"돌아가서 실망하는 사람들의 모습을 어떻게 보란 말이야……."

그녀의 눈에 눈물이 맺혔다.

너무도 많은 사람들의 실망과 체념을 바라보았다.

그 이상의 자괴감도 보았다.

그때마다 그녀의 가슴은 도려낼 듯 아파왔다.

그들에게 조금이나 대륙의 사람들에게 희망을 주고자 했던 그녀의 노력은 아무런 보람도 없이 이렇게 무의로 돌아가고 만 것이었다.

그렇게 고뇌의 시간을 보내고 난 후.

그녀의 앞에서 지이잉 하는 소리와 함께 공간에 균열이 생기기 시작했다.

균열에서 푸른 스파크가 약간씩 일더니 마치 허공이 찢어지듯 하며 빛을 내뿜었다.

빛이 사라지니 둥글고 푸른 입구가 생겼다.

이것이 바로 게이트.

"드디어 게이트가 열렸나."

그녀는 그 안으로 발걸음을 옮기려 했다.

하지만 쉽게 옮기지는 못했다. 아쉬움과 미련이 남은 것이다.

"그래도 어쩔 수 없지. 혼자서라도 돌아가야지."

그렇게 발걸음을 옮기려는 찰나 그녀의 뒤에서 목소리가 들려왔다.

"나 없이 카이데아스와 싸울 수 있을까?"

그녀의 눈에 눈물이 맺혔다.

그였다.

상두, 아니 카논이었다.

"반년 정도만 휴가를 주십시오."

상두는 이성만에게 요청했다.

고상하게 차를 마시는 이성만은 눈을 크게 떴다.

멀쩡하게 후계 수업을 받던 사람이 갑자기 휴가를 반년이나 달라니 놀랄 수밖에 없었다.

"일주일, 한 달도 아니고 반년이나?"

상두는 고개를 끄덕였다.

"무슨 이유지?"

이성만은 이유가 궁금했지만 그는 대답지 못하고 있었다.

"무슨 말 못할 사정이라도 있는 것인가?"

그저 상두는 고개만 끄덕일 뿐, 꿀 먹은 벙어리처럼 입을 열지 않았다.

"내가 그렇게 힘들게 후계자 훈련을 시킨 것 같지는 않은데."

이성만의 말이 맞았다.

그는 상두가 견딜 수 있을 만큼만 가르치고 있었다. 그렇기에 힘들 것도 스트레스를 받을 것도 없었다.

"난 최대한 자네를 배려했네. 그렇다면 자네도 나에게 이유 정도는 말해야 되지 않겠나?"

이성만의 뒤이은 추궁에 상두는 어쩔 수 없이 입을 열었다.

"매듭지어야 할 것이 있습니다."

돌아온 대답은 짧았다.

그의 대답에 이성만은 그의 눈을 뚫어져라 쳐다보았다. 그의 눈빛에는 간절함이 가득했다.

이런 간절함이 있는 그에게 실망을 줄 수는 없었다.

"다녀오게."

그의 허락.

상두는 고개 숙여 감사를 표했다.

"하지만 반년 그 이상은 안 되네. 그 이상이 된다면 자네는 이제 내 후계자가 아니야."

"알겠습니다. 꼭 돌아오겠습니다."

그는 그렇게 말하고 자신의 방으로 돌아갔다.

그는 산행을 할 준비를 했다.

반년이나 떠나 있어야 하지만 짐은 조촐했다. 이곳에 있는 물건들은 모두 소용이 없었다.

그는 대륙으로 돌아가는 것을 결정한 것이다.

이 시점에서 이 세계의 물건은 모두가 쓸모없는 것이었다.

수억의 백성이 카이데아스에게 고초를 당하고 있는 오피니아 대륙을 두고만 볼 수는 없었다.

하지만 그렇다고 해서 이곳에서의 생활을 포기하는 것은 아니었다.

그래서 반년의 시간을 정한 것이다.

어떻게든 그 기간 안에 카이데아스를 봉인하고 다시 돌아오면 되는 것이다.

간단한 문제 같지만…….

하지만 그것은 사실상 불가능하다

그래도 불가능을 가능하게 만드는 것이 그의 지론이다. 0.00001퍼센트라도 가능성이 있다면 그것에 걸어봐야 한다.

카이데아스는 이전보다 약해졌다고 한다.

그것이 일말의 가능성이라면 가능성이다. 상두는 그것에 걸어볼 요량이다.

실패는 생각하지 않았다.

바보 같지만 무모해 보인다고 누군가가 욕한다고 해도 어쩔 수 없었다.

이것이 바로 그가 살아가던 방식이다.

"내가 이렇게 생겨먹었는데 어떻게 하겠어."

그는 차를 몰았다.

그의 차가 향하는 곳은 설악산.

"모든 것이 시작된 곳……."

그곳에 대륙과 통하는 문이 열린다고 한다.

끝이라고 생각했던 그때에 새로운 시작이 일어났다. 이번에도 그런 요행이 일어날 것이라고 그는 생각했다.

상두는 설악산을 올랐다.

기억을 더듬었다. 그가 조난을 당했던 곳.

반십 년 가까운 세월이 흐르다보니 기억이 흐릿하다. 그는 본능에 몸을 맡기고 몸을 움직였다.

하지만 기억을 더듬을 필요가 없었다.

저 멀리서 알 수 없는 에너지의 반응이 느껴졌기 때문이다. 꽤나 강대한 에너지 하지만 위험한 느낌은 아니었다.

그리고 이것은 이 세계에서는 느낄 수 없는 그런 느낌의 에너지이다.

그는 에너지가 느껴지는 방향까지 빠르게 나아갔다.

한 시간 정도를 수풀을 훑으며 나아가니 에너지의 정체를 알 수가 있었다.

스파크를 내뿜고 공간을 찢은 통로.

게이트.

그 앞에 어깨를 늘어뜨린 채 서 있는 아르페지오를 발견할 수가 있었다.

그녀는 상두가 없이라도 다시 대륙으로 돌아갈 생각을 하고 있는 것 같았다.

그녀로서는 어찌할 도리가 없는 당연한 선택이다.

"그래도 어쩔 수 없지. 혼자서라도 돌아가야지."

그녀의 말에는 슬픔이 깃들어져 있었다. 상두는 그 슬픔에 약간은 미안한 감정을 느끼고 있었다. 그가 돌아가지 않겠다고 무작정 말해버린 탓이기도 하기 때문이다. 그는 헛기침을 몇 번 하고는 읊조렸다.

"나 없이 카이데아스와 싸울 수 있을까?"

아르페지오는 그를 돌아보았다. 머리를 긁적이며 다가오는 상두의 모습을 볼 수가 있었다.

그녀의 눈에는 눈물이 맺혔다.

"오셨군요."

화답하는 그녀의 눈에서 기어코 눈물이 흘러 내렸다.

하지만 환하게 웃음을 보였다. 슬픔이 아닌 기쁨의 눈물이었던 것이다.

"나는 카논이니까."

상두의 대답에 환한 눈물을 흘리는 아르페지오는 연신 고개를 끄덕였다.

"그러니까 돌아가야지."

아르페지오는 상두를 향해 달려들어 안겼다. 그리고 얼굴을 부비며 한없이 눈물을 흘렸다.

"음음······. 이게 게이트인가?"

민망한 상두는 헛기침을 하며 그녀에게 물었다.

그녀는 놀라서 뒤로 물러났다. 너무도 행복한 마음에 달려들었는데 생각해보니 그녀도 민망한 것이다.

"네, 이것을 지나가면 이제 오피니아로 돌아가실 겁니다."

그녀의 대답에 상두는 약간한 불안한 감정을 내비쳤다. 마치 새로운 세계로 돌아가는 것 같은 그런 불안감이었다.

"꽤나 오랜만이죠?"

"그래, 오랜만이네."

그녀의 물음에 상두는 고개를 끄덕였다.

"그만큼 많이 변해 있을 겁니다. 그러니 너무 놀라지 마세요."

상두는 굳건하게 고개를 끄덕였다. 카이데아스에게 침공을 당했다.

당연히 변해 있을 것이다. 상상하기 싫을 정도로 변해 있을 것 같아 약간의 두려움도 있었다.

"이제 들어가자."

상두는 그녀를 이끌었다. 그녀는 그를 한번 쳐다보고는 그의 뒤를 따랐다.

"크윽……!"

순간 그의 눈을 급격한 어두움과 알싸한 고통이 감싸고 들었다.

설상가상으로 의식까지 가물가물해졌다. 상두는 정신을 잃지 않으려 노력했다.

시간의 흐름도 잘 알 수가 없었다.

얼마나 흘렀는지 상두는 도저히 알 수가 없었다. 그러던 중 그의 눈을 환한 빛이 감쌌다.

"빛이다……!"

눈이 시려서 앞이 보이지 않을 정도로 환한 빛이었다.

시야가 다시 어두워졌다. 앞이 보이지 않았지만 다른 세상에 들어섰다는 것을 느낄 수가 있었다.

"으… 춥다."

풍경보다 상두를 먼저 반긴 것은 바로 추위였다.

"옷을 좀 두껍게 입고 올걸 그랬나."

상두가 투덜대는 가운데 이제 조금씩 그의 시력이 돌아오기 시작했다.

덕분에 그의 눈으로 아련하게 익숙한 풍경들이 조금씩 들어온다.

"오피니아……."

상두의 눈에 눈물이 맺혔다. 그리웠던 그의 세계로 다시 돌아왔던 것이다.

"아니……!"

하지만 이내 실망할 수밖에 없었다.

검은 구름이 하늘을 뒤덮고 있어 어두움이 가득했다. 그 아래 펼쳐진 광경은 참혹했다.

파괴된 건물이 즐비했고, 썩어져 가는 인간의 시신들이 즐비했다.

그들을 들개나 까마귀들이 뜯어먹고 있었다.

"여기가 오피니아란 말인가……."

상두는 그대로 무릎을 꿇었다. 그의 눈에 눈물이 가득 고여 있었다.

"맞아요. 이곳이 오피니아랍니다."

상두는 아르페지오를 돌아보았다.

그녀의 눈에도 눈물이 맺혀 있었다.

그녀 역시 이렇게 되어 버린 자신의 세상을 볼 때마다 가슴이 아픈 것이었다.

"만약 내가……."

상두의 눈에서 눈물이 뚝하고 떨어졌다.

"만약 내가 이곳에 있었다면… 내가 다른 세상으로 떨어지지 않았다면… 이렇게 참혹하게 되었을까?"

"당신 잘못이 아니에요."

그녀는 상두를 위로했다.

그녀의 말이 맞다. 이렇게 된 것은 결코 상두의 탓이 아니었다.

이렇게 만든 것은 바로 카이데아스!

상두는 일어나 마음을 다잡았다.

이런 곳에서 이렇게 주저앉을 수 없었다. 어떻게든 힘을 내서 이 형국을 타계해야 한다.

"이상하다."

아르페지오는 난감한 표정이 역력했다.

품속에서 지도를 꺼내서 바라보고 주변을 바라보며 고개를 갸웃거렸다.

"무슨 일이야?"

상두의 물음에 그녀는 한참을 살폈다.

"이곳은 목적지가 아니에요."

상두는 깜짝 놀랐다.

"무슨 소리야?"

"이곳은 대 마신 진영이 아니에요. 우리는 마계의 진영에 떨어진 겁니다. 목적지까지 말로 40일 거리에 도착한 거예요."

그렇다면 아무리 빠르게 걸어간다고 해도 엄청난 시간이 걸릴 것이다.

그동안 이 세계는 카이데아스에게 점령당할지도 모른다.

"큰일이군. 자동차라도 있었더라면……!"

자동차를 가지고 왔더라면 더 쉽게 도착할 수 있을 것이다. 하지만 이 세계에는 없는 물건을 그리워해야 소용이 없었다.

"드디어 시작인가."

상두는 옷깃을 여몄다. 그리고 저 멀리서 다가오는 흉칙하게 생긴 두 발로 걷는 짐승 같은 무리들을 바라보았다.

저것들은 마계의 주민들, 마족.

"저런 끔찍하게 생긴 것들을 다시 보게 될 줄이야."

카이데아스와 싸우면서 신물이 날 정도로 죽였던 이들을 다시 보게 되었다.

상두는 지긋지긋하다는 듯 말했지만 얼굴은 오히려 웃고 있었다.

그는 두 주먹을 불끈 쥐었다.

"끝장을 내주마!"

그는 공중으로 뛰어 오르기 위해 무릎을 굽혔다. 순간 그는 휘청거렸다.

그의 몸으로 무언가 강렬한 힘이 빨려 들어오는 것 같은 느낌이 들었다.

"뭐지, 이 느낌은……?"

그는 약간은 의아했지만 그래도 지금 이것이 중요한 것은 아니었다.

그는 공중으로 솟구쳐 올랐다.

"어라?"

그는 놀라고 말았다.

"뭐야, 이 높이는!"

힘을 거의 주지 않고 뛰어올랐는데 엄청난 도약력이었다.

하지만 당황한 것도 잠시 그는 가속력을 올려 그대로 마족들에게 돌진했다.

쿠구구궁!!

그가 착지한 것만으로도 엄청난 파공음이 들렸다.

마족들은 마치 낙엽처럼 공중으로 솟구쳤다. 온몸이 부서진 고기 조각도 날아다니는 것을 볼 수가 있었다.

"뭐, 뭐야……."

상두는 멍하니 이번 공격으로 겁을 집어먹고 도망치는 마족을 바라보았다.

하지만 도망치는 마족들도 몸속에서 검은 에너지가 빠져나오더니 쓰러졌다.

마족들에게서 빠져나온 기운과 주변의 검은 기운들이 상두를 향해 빠르게 빨려 들었다.

"크아악……!"

그는 갑자기 빨려드는 에너지로 인해 고통이 밀려와 무릎을 꿇었다.

온몸이 끊어질 듯 아파왔다.

"이럴 수가……."

뒤늦게 상두에게로 달려든 아르페지오는 갑자기 빚어진 상황에 놀라고 말았다.

"어떻게 이런 일이……?"

믿어지지 않았다. 단 한방으로 수십의 마족이 쓰러졌다.

이것은 마치 전성기의 카논의 힘과 비슷했다.

"괜찮아요?"

고통스러워하는 상두에게 아르페지오가 다가가자 그는 몸을 비슬비슬 일으켰다.

이제 어느 정도 안정이 된 것 같았다.

"몸속에서 힘이 넘치고 있어. 육체 자체가 강렬한 힘이 감도는 것 같아."

"응?"

그녀는 놀라고 말았다.

상두의 주변에서의 검은 기운이 조금씩 그에게 흡수되는 것을 볼 수가 있었다.

"설마 이 기운을 흡수하고 강해지는 건가요? 어떻게 마계의 기운으로 강해질 수가 있는 거죠!"

아르페지오의 물음에 상두는 고개를 절레 흔들었다. 그라고 어떻게 이유를 알 수 있겠는가.

"어쨌든 이곳이 어디인지 알아내야 될 거 아니야."

상두의 말에 그녀는 고개를 끄덕였다. 계속해서 이곳에 있을 수는 없는 노릇이었다.

CHAPTER **04**
돌아오다

상두와 아르페지오는 옷깃을 여미고 걷고 있었다.

눈보라가 치고 있었다. 기온이 낮아지니 눈보라는 일상처럼 지나갔다.

눈보라는 검은색이었다. 주변에서 흐르는 검은 기운 탓이었다.

몸에 닿을 때마다 상두는 기분이 나빠지는 그런 눈이었다.

시신에게서 거둔 망토를 걸쳐 추위는 어느 정도 막을 수 있었다.

이것이 아니라면 아마 얼어 죽었을지도 모른다.

이제 검은 기운의 에너지는 흡수되지 않았다.

아무래도 전투시에 특별한 계기가 있어야 힘이 발휘되는 것 같았다.

그들은 무작정 걸어 나갔다.

꼬박 하루 동안을 걸은 것 같았다.

하지만 태양이 떠오르지 않아 밤낮은 가늠하지 못했다.

그저 그 정도 걸어왔다고 짐작만 할 뿐이었다.

시간만 가늠할 수 없는 것이 아니었다. 이곳이 어디인지도 잘 가늠할 수가 없었다.

지도를 보고 걷는다고는 하지만 워낙에 토지가 파괴되고 지표가 될 큰 나무나 건물들도 부서져 위치 확인이 어려웠다.

이미 지도는 그저 무용지물이 되어 버린 지 오래였다.

막막한 상황.

하지만 상두는 무작정 걸었다.

위치를 알 수 없다고 주저앉아 있을 수는 없지 않은가.

뒤를 따르는 아르페지오는 주변을 면밀히 살펴 지표가 될 만한 것을 찾아내려 노력했다.

하지만 계속 걷고 또 걸어도 지표는 찾을 수 없었다.

그렇게 한참을 걷다 보니 보니 불빛이 보였다.

"불빛이다!"

상두는 불빛을 발견하고 반가운 듯 달음박질쳤다.

하루 정도 먹지 못해서 배가 고픈데도 어디서 그런 힘이 나왔는지 알 수는 없었다.

"인간일 거야. 인간!"

상두는 한줄기 희망을 발견한 것만 같았다.

마족은 모닥불이나 조명 따위를 사용하지 않는다.

그들은 어둠 자체를 즐기는 종족이기 때문이다. 그러니 불빛이 보인다는 것은 인간들이 모여 있다는 말이 된다.

상두와 아르페지오는 미친 듯이 내달렸다.

사람이 있는 곳이라면 이곳이 어디인지 알 수가 있을 것이다.

그렇게 되면 어느 방향으로 나아가야 되는지 알 수 있을 것이다.

가까운 거리라고 생각했지만 내달리다보니 생각보다 먼 곳이었다.

이십여 분을 내달려서야 도착할 수가 있었다.

도착한 곳은 어설픈 목책으로 방어선을 구축한 곳이었다.

"누구냐!"

경계를 서던 사람들은 상두와 아르페지오에게 병장기를 내밀었다.

병장기로 보였지만 자세히 보니 농기구였다.

물자가 귀해진 탓에 농기구도 병장기로 사용하는 것이었다.

농민들이 반란을 일으킬 때도 농기구를 많이 사용한다.

"지나가는 나그네인데 이곳이 어디쯤인지 알 수 있을까요?"

상두의 물음에 그들은 상두와 아르페지오를 물끄러미 바라보았다.

그들은 경계를 늦추지 않았다.

"지나가는 나그네인데 이곳이 어디쯤인지 알 수 있을까요!"

상두가 다시 묻자 그들은 크게 외쳤다.

"거짓말하지 마라! 마족의 끄나풀이 아니냐!"

그들의 외침에 상두는 당황했다.

아무래도 이들은 자신의 생각보다 훨씬 배타적인 집단인 것 같았다.

"그저 이곳이 어딘지 위치만 알고 싶어서 그렇습니다."

"거짓말마라!"

그들은 막무가내였다.

상두의 말을 절대로 믿으려 하지 않았다. 이제는 아르페지오가 나설 수밖에 없었다.

"나는 카이난 기사단의 수석기사 아르페지오입니다. 이 검을 보십시오."

그녀는 허리춤에서 레이피어를 뽑아 보여주었다.

카이난 기사단의 날아오르는 와이번의 문양 이 검신에 새겨져 있었다.

모두들 웅성이기 시작했다.

정말 카이난의 기사라고 한다면 큰 문제가 될 수도 있었던 것이다.

"당신들은 누구요?"

이내 이 무리의 수장으로 보이는 수염이 긴 남자가 나아왔다.

"죄송하오만 당신들을 구금해야 될 것 같소."

강경하게 나오는 무리의 수장. 그는 상두와 아르페지오에게 도움을 줄 것 같지는 않았다.

답답한 아르페지오가 나섰다.

"이분이 누군지 알고 말하는 겁니까! 이분은 카……!"

상두가 막아섰다.

"그저 우리는 길을 알고자 함입니다. 왜 이렇게 강경한 것입니까."

상두의 물음에 수장은 한숨을 내쉬며 설명했다.

"이곳은 신성불가침지역으로서 마족들이 들이 닥칠 수 없는 몇 군데요. 그러나 요즘 이곳을 노리는 마족들의 앞잡이들이 많소. 성물을 부수고 하여 이곳으로 점령하려고 하오. 이곳은 대마신진영으로 가는 최전선이라고 할 수 있소."

수장의 말에 아르페지오는 어느 정도 안심했다. 일단 길을 잘 가고 있었던 것이다.

"그렇다면 우리는 이곳을 지나야겠군요. 우리가 가는 곳이 바로 대마신진영입니다."

상두의 말에 수장은 고개를 절레 흔들었다.

"그렇기에 당신들을 지나가게 할 수 없소."

간간했다.

더 이상 부탁도 할 수 없을 만큼 그는 말을 잘랐다.

"카이난 기사단이 마족의 앞잡이 같습니까!"

아르페지오가 항의했다. 하지만 수장은 코웃음을 쳤다.

"그 카이난 기사단의 끄나풀을 지금 구금하고 있소. 더 이상 할 말이 있습니까?"

그의 말에 아르페지오는 입을 닫았다.

사실 카이난 기사단이라고 해도 구차한 목숨을 구걸하기 위해 마족에게 넘어간 자들이 적지 않았다. 더 이상의 항의는 변명이 될 뿐이었다.

"그렇다면 실력 행사를 해야겠군요."

아르페지오의 눈빛이 번뜩였다. 하지만 상두가 그녀를 막아섰다.

[이러지마. 일을 왜 크게 벌이려는 거야. 이곳을 지나가야

하잖아.]

그의 귓속말에 그녀는 인상을 찌푸렸다.

[하지만 이곳에서 시간을 지체할 수는 없어요.]

[내말 들어. 이곳에 당신 같은 실력자가 있으면 어떻게 할 거야?]

[나 같은 실력자가 많은 줄 알아요?]

[그래도 내말 들어.]

아르페지오는 어쩔 수 없이 상두의 말을 들을 수밖에 없었다.

"그렇다면 우리를 구금하십시오. 하지만 우리는 끄나풀이 아닙니다. 본진에 한번 알아보십시오. 아르페지오라는 기사가 분명히 소속되어 있을 겁니다."

상두의 말에 수장은 고개를 끄덕였다. 그녀가 카이난 기사단으로 본진에 소속되어 있다면 구금할 이유는 사라진다.

"전서구를 보내 보지."

상두는 알겠다는 듯 눈인사를 하며 손을 내밀었다.

"구금한다면 묶어야겠지요?"

상두가 너스레를 떨자 수장이 그를 바라보는 눈빛이 잠시 흔들렸다.

"묶지는 않겠소. 어차피 정체를 알게 되면 묶이고 싶지 않아도 묶여야 할 테니."

수장은 부하들에게 눈짓을 했다. 그러자 그들이 나아와 두 사람을 이끌었다.

부하들에게 이끌려 가는 아르페지오의 눈빛에는 난감함이 깃들어져 있었다.

이곳에서 이렇게 머물 시간 따위는 없었다.

하루라도 빨리 본진으로 돌아가 카논의 존재를 알려야만 했다.

그렇게 끌려가는 두 사람을 바라보는 수장의 눈빛이 아련해졌다.

"목소리는 다르지만 저 말투나 행동……. 그분과 많이 닮아 있구나……. 그분만 살아 계셨더라면……."

"그분이요?"

수장의 옆에 있던 부하가 물었다. 그러자 수장은 고개를 끄덕이며 대답했다.

"바로 마스터 카논 말이다."

"그러게 말입니다. 카논님이 계셨더라면 마족들이 이렇게 판을 치지는 않았을 텐데."

"그렇지……. 그래……."

그렇게 수장의 눈시울이 붉어졌다.

그들은 얼기설기 엮인 나무 창살에 갇혀 있었다.

사방이 뚫려 있어 바람이 너무도 차갑게 들어오고 있었다.

아주 허술한 창살이었으나 마력이 걸려 있어 쉽게 열 수 없는 구조였다.

"아… 이런 곳에서 시간을 끌 수는 없는데……."

아르페지오는 계속해서 불만이었다.

이곳에서 시간을 지체하는 것이 굉장히 불만인 것 같았다.

"도대체 어떻게 하려는 거예요? 우리는 이곳에 언제까지나 갇혀 있을 수는 없어요."

"일단 이곳이 어디인지 알아내는 것이 급선무잖아? 그렇다면 이곳에서 정보를 모으는 것이 먼저야."

상두의 말이 틀리지는 않았다. 하지만 그것도 시간이 충분했을 때의 이야기이다.

지금 그들은 시간이 없었다.

아니 오피니아에는 시간이 없다.

당연히 아르페지오는 가슴이 답답할 수밖에 없었다.

"답답하지도 않아요?"

상두는 그녀의 물음에 그저 웃음을 보일 뿐이었다.

답답한 것은 그도 마찬가지였다.

육 개월 후까지는 어떻게 상두의 세계로 돌아가기로 이성만과 약속했다.

시간을 지체해서는 안 되는 것은 상두도 마찬가지였다.

하지만 그렇다고 서두른다고 일이 풀리는 것도 아니었다.

"최종 방어선 치고는 굉장히 허술하군."

그는 주위를 두리번거리고는 읊조렸다.

최종 방어선이 천막 몇 개에 목책으로 만들어진 방어선이 전부였다.

이 정도라면 마족에게 금방 점령당할 것 같았다.

하지만 이곳은 성물로서 축복을 받은 장소이기 때문에 마족이 쉽사리 지나갈 수가 없었던 것이다.

그것을 믿고 방어선을 구축을 허술하게 했는지도 모른다.

하지만 사실 최종방어선이라고는 하지만 드넓은 지역을 모두 커버하기에는 남아 있는 인구수가 적은 이유도 있을 것이다.

"성물이라는 것이 최근에 개발된 것인가 보군."

상두의 물음에 그녀는 고개를 끄덕였다.

"마족에게 당하고 가만히 있을 우리가 아니죠. 그들의 공격을 대비해서 그들을 막을 수 있는 방책은 모두 생각해냈습니다. 그중에 가장 잘 들어맞은 것이 바로 이 성물로 땅을 축복하는 겁니다."

"그렇군."

상두는 정확한 원리는 듣고 싶지 않았다.

원래 마법이 전공이 아닌지라 들어봤자 이해도 안 되고 머리만 아플 것이다.

"마족은 막을 수 있지만 인간은 막을 수가 없어요. 그래서 이들이 이렇게 배타적일 수 있죠. 하지만 그래도 우리는 이렇게 막으면 안 되죠."

상두는 그녀의 투정에 웃음을 보였다.

그들은 그렇게 나무창살 감옥을 지나다니는 사람들에게 이곳의 위치를 물었다.

하지만 대부분이 대답을 해주지 않고 있었다. 굉장히 그들을 경계하고 있었던 것이다.

하지만 상두는 끈질겼다. 계속해서 물어보자 한 서너 번 정도 들었던 사람이 귀찮았는지 대답해주었다.

"이곳은 '레트' 요."

레트라는 지명을 듣자 아르페지오가 환호를 내질렀다.

"왜 그래?"

"이곳에는 천둥새가 있어요."

"천둥새? 그건 전설에 나오는 새잖아. 실재했단 말이야?"

그녀는 고개를 끄덕였다.

천둥새는 전설에서 내려오는 새였다.

세상 어떠한 것보다 빠르다.

나라에서 나라를 이동하는 데 한나절도 걸리지 않는다고 한다.

전설의 용사들의 탈 것으로 이용되는 경우도 있었다고 전해진다.

"얼마 전에 목격담이 전해지고 있어요. 우리의 정보원들도 목격했다고 하구요. 천둥새를 타면 본진까지 하루면 갈 수 있을 거예요!"

"정말 가능해?"

"아직 천둥새를 탄 사람은 없어요. 하지만 전설 속에서도 용사를 태운다는 말도 있잖아요. 그러니 그것에 걸어볼 수밖에요."

일단 미심쩍지만 이동수단이 마련되었다. 이제 이곳에서 빠져나가는 것이 급선무였다.

하지만 이곳에서 빠져나가려면 그들의 결백이 증명되어야만 한다.

그렇지 않고서는 이곳에 계속 머무를 수밖에 없었다.

"전서구가 이곳까지 다시 오려면 족히 일주일은 걸릴 거예요. 이곳에서 어떻게 견뎌요."

그녀의 말에 상두는 어깨를 한번 들썩였다.

마치 남의 일 말하듯 하는 상두가 아르페지오는 얄미워 보였다.

"도대체 그런 여유는 어디서 나오는 거예요?"

"몰라."

상두는 다시금 어깨를 들썩였다.

"아……. 배고파……."

상두는 배가 고파왔다. 그의 여유로움으로도 배고픔은 견딜 수 없었다.

"그러고 보니 밥 때네요."

그녀의 말에 상두는 시장기가 더 돌았다.

"식사요."

마침 식사를 들고 오는 감시인.

상두는 나무를 깎아 만든 식기에 들어 있는 음식에 경악을 금치 못했다.

"이게 뭐야!"

그 안에 들어 있는 것은 보기에도 굉장히 역한 알 수 없는 고깃덩어리였다.

냄새도 그리 좋지가 않았다. 하지만 그는 이것을 알고 있었다.

"마족의 고기로군!!"

상두는 경악했다.

아무리 적이라고 해도, 아무리 이종이라고 해도 인격체이지 않는가.

인격체를 먹는다는 것이 상두는 이해가 되지 않았다.

"그게 뭐 어때서요?"

"적이라지만 지성체잖아!"

"살려면 먹어야지. 그리고 이종입니다."

생각해 보니 상두 역시 예전에 마족의 고기를 먹었었다.

물자가 많이 부족했을 당시 마족의 고기는 굉장히 구하기 쉬운 단백질원이었다.

아무래도 그는 상두로 살아온 그 세계의 윤리에 많이 길들 어져 있었던 것이다.

상두는 고기를 내려다보았다. 배가 고팠지만 이전 세계에서 길들여져 있어 먹기가 좋지 않았다.

그동안 살던 세계는 물자가 넘쳤다.

돈만 있으면 어디서든 맛있고 신선한 음식을 먹을 수 있었다.

굶어서 죽는 사람보다 자살로 죽는 사람들이 훨씬 더 많은 그런 세계였다.

그런 세계에 길들여져 버리니 지금의 세상은 너무도 견디기 힘든 것이 되어 버렸다.

"왜요? 그 세계에서 먹었던 것보다 열악해서요? 이제 이곳은 풍요롭지 않아요. 밭이며 어장이며 모두 마족에게 망가졌어요. 이런 것을 먹는 것도 일반 민중들은 없어서 못 먹어요."

그녀의 말에 상두는 울컥했다.

이곳의 민중들은 마족의 압제에 먹을 것도 제대로 먹지 못하고 살 것이다.

그런 상황에서 그가 이 고기를 먹지 못한다는 것은 배부른 투정일 뿐이었다.

그는 두 눈을 꼭 감고 고기를 삼켰다.

이런 고기를 민중들은 없어서 못 먹는다.

민중을 살린다고 하는 그가 가식을 떨 수는 없었다. 맛이 없어도 맛있게 먹어야 한다.

"맛있네."

의외로 맛은 좋았다.

편견이 사라지니 이 마족의 고기도 맛있게 느껴졌다. 상두는 그렇게 이 고기로 맛있게 식사를 때웠다.

새삼 그는 대륙으로 돌아왔다는 것을 재확인할 수 있었다.

*   *   *

상두는 철장에 기대 눈을 감고 있었다.

하지만 잠들어 있는 것은 아니었다.

대륙으로 돌아오는 그는 감각이 다시 칼처럼 날카롭게 날이 섰다.

누군가가 그에게 손을 댄다면 바로 공격이 나아갈 것만 같왔다.

기분 좋은 느낌은 아니었지만 어쩔 수 없었다.

이것은 격투가로서의 본능이었다.

아르페지오 역시 잠들 수가 없었다.

전서구를 보낸 지 몇 시간밖에 지나지 않았지만 벌써부터 기다리고 있었던 것이다.

"안 자고 뭐해? 전서구 기다려?"

상두의 물음에 그녀는 고개를 끄덕였다.

"전서구가 돌아오려면 일주일도 더 기다려야 해."

"알아요. 잠이 안 오는 걸 어떻게 해요. 그런데 카논."

"왜?"

상두의 물음에 그녀는 조심스럽게 말을 꺼냈다.

"이곳의 수장 잘 알고 있죠?"

그녀의 물음에 상두는 고개를 끄덕였다.

"예전에 내 상관도 했었던 분이야. 뛰어난 맹장이지."

"그런데 왜 당신의 정체를 밝히지 않았어요?"

상두는 흠하는 소리와 함께 대답했다.

"몸이 이렇게 바뀌었는데 그가 믿어줄까? 영혼의 본질을 읽을 수 있는 것은 신관밖에 없어. 일반 사람이 내 영혼을 알아볼 리가 없지. 괜히 정체를 밝혔다가는 혼란만 가중시킬 거야."

상두의 말에 그녀는 고개를 끄덕였다.

본진에서 신관이 상두가 있는 차원을 알려주지 않았더라면 그녀 역시 그를 알아볼 수 없었을 것이다.

"뭐지?"

상두의 눈가가 파르르 떨렸다.

잘 벼린 칼날처럼 날선 감각이 대기를 미세하게 울리는 느낌을 발견한 것이다.

조금 늦기는 했지만 아르페지오 역시 그 느낌을 읽을 수 있었다.

"마족이다!! 마족이 나타났다!!"

시끄럽게 종이 울렸다.

이것은 마족이 나타났을 때의 경보!

역시나 무슨 문제가 터진 것이다. 아르페지오는 지금의 상황에 경계했는지 벌떡 일어났다.

바쁘게 사람들이 움직이고 있기는 했지만 그들에게는 긴장감은 없었다.

아무래도 성물이 이곳을 지켜준다는 믿음 때문이었다.

"위험하군. 이런 여유는……."

상두는 고개를 흔들었다.

아무리 지켜주는 것이 있다고는 하지만 그것에 기대면 방어선이 무너질 수도 있기 때문이다.

그런 경우를 상두는 여러 번 겪었다.

"무슨 말이에요?"

아르페지오는 궁금한 듯 물었다. 상두는 귀찮은 듯 대답해
주었다.

"아무리 방어가 두터워도 그것만 믿다가는 큰 코를 다칠
거라는 거야."

상두의 말에 그녀는 고개를 끄덕였다.

그의 말이 맞았다.

인간에게 가장 무서운 적은 바로 나태함이다.

특히나 전투에서의 나태함은 패배로 직결될 수 있으므로
경계해야 했다.

"큰일이다!!"

"방어선이 무너졌다!!"

역시나…….

상두의 말은 예언처럼 맞아들었다.

그들의 외침에 상두는 혀를 끌끌 찼다. 아르페지오는 놀래
서 눈을 크게 떴다.

"드디어 일이 났군."

"뭐하는 거예요! 어떻게든 이곳에서 빠져나가야 될 거 아
네요!"

그녀는 상두를 다그쳤다.

상두는 귀찮은 듯 귀를 한번 파더니 천천히 자리에서 일어났다.

"방법은 있어?"

그의 물음에 그녀는 잠시 머뭇하더니 한숨을 내쉬었다.

딱히 방법이 없었다. 그렇다고 이렇게 있을 수도 없고 난감한 노릇이었다.

"이제 시작해 볼까?"

상두는 창살을 잡았다.

"크윽……!"

그가 힘을 주자 나무 창살의 마법이 반응하여 그에게 고통을 부여했다.

"하압!"

하지만 상두는 참아내고 기합을 발했다!

쿠구궁!

그러자 나무 창살이 모두 무너져 내렸다.

마법까지 무시하는 그의 능력에 아르페지오는 경탄했다.

"부술 수 있었어요?"

그녀가 묻자 그는 웃음을 보이며 고개를 끄덕였다.

이곳에 온 이후로 상두는 차분해졌다.

말수도 적어졌다. 힘은 아직 되찾지 못했지만 마음만은 예전의 그 카논으로 돌아온 것이다.

다시 돌아왔다는 생각이 크게 작용한 것이었다.

"당신들 뭐야! 다른 감옥에라도 들어가 있어!"

군인으로 보이는 자가 달려와 외쳤다.

아르페지오가 그들에게 항의하러 나아왔지만 상두가 그녀를 막아섰다.

"이번에는 또 왜요!"

상두는 아르페지오에게 대꾸하지 않았다.

그저 군인만 노려볼 뿐이었다.

"지금 상황에 감옥에 왜 들어가 있으라고……? 한 사람이라도 손이 필요할거 아니야!!"

그의 외침에 모두의 시선이 그를 향했다.

바쁘게 움직이던 사람들은 멈추었고 순식간에 정적에 휩싸였다.

순식간에 모든 이들의 주위를 환기시켰다.

상두의 외침에 모두들 정신이 차렸는지 이전과는 눈빛이 사뭇 달라졌다.

"네놈이 무슨 상관이야!!"

"이곳은 우리의 영토야!! 함부로 나서지마!!"

그들은 상두에게 험하게 말했지만 덕분에 소란은 사라졌다.

아르페지오는 그를 바라보았다.

그에게는 역시나 힘이 있었다.

육체적인 그런 힘이 아니었다. 사람들을 모두 아우르는 그런 능력이 있었던 것이다.

그 반증으로 그의 외침 한 번에 모든 이들이 정신을 차렸다.

그에게 기대를 걸고 데려온 보람이 있었다. 아니, 그녀의 선택은 탁월했다.

상두는 성큼성큼 목책의 앞으로 다아갔다.

그곳에는 많은 병사들이 마족과 대치하고 있었다.

하지만 그들은 속수무책이었다.

인간의 근력의 열 배 이상에 해당하는 마족을 이겨내는 것은 어려운 일이다.

당연히 고전할 수밖에 없었고 마족에게 당하여 금방 무너질 것만 같았다.

상두는 공중으로 뛰어 올랐다.

"오호라······!"

상두는 경탄했다.

역시나 굉장한 높이로 뛰어 오를 수 있었다.

그의 눈초리가 변하자 주변으로 검은 기운이 상두를 향해 빨려 들어왔다.

그렇게 빨려 들어간 기운은 상두의 몸에서 정제되어 푸른

빛이 되어 뿜어져 나왔다.

그것은 푸른 에너지의 날개가 되어 상두의 등에서 솟아 나왔다.

상두는 마족의 진영으로 쏜살같이 돌진했다.

쿠구궁!

마치 운석이 떨어지는 것 같은 충격파와 함께 큰 구덩이가 생성되었다.

충격파로 인해 주변의 마족들이 육체가 해체되듯 고깃덩어리가 되어 모두 공중으로 솟구쳤고 이윽고 땅 아래로 떨어졌다.

정적이 흘렀다.

대적하던 두 진영은 오직 한곳만 바라보고 있었다.

바로 상두였다.

그것도 잠시뿐 주위의 마족들이 상두를 향해 달려와 에워쌌다.

하지만 섣불리 공격하지 못했다.

그의 힘은 마치 전설 속의 신의 전사처럼 강맹했다.

등에서 돋아난 위압적인 에너지의 날개는 더욱더 신의 전사로 보이게 만들었다.

마족들은 그 옛날 신의 전사들로 인해 암흑뿐인 무저갱으로 떨어졌다고 전설이 내려온다.

당연히 그들의 뇌리에는 신의 전사에 대한 두려움이 뿌리 깊게 내려져 있었다.

하지만 이대로 있을 수는 없었다.

마족들은 상두에게로 섣불리 다가갈 수는 없어 화살을 쏘았다.

화살은 상두를 스치지도 못하고 날아가고 힘없이 땅에 떨어졌다.

하지만 그중 하나가 상두의 얼굴을 스쳤다.

큰 고통은 아니었지만 상두의 얼굴에 피가 흘렀다.

그러자 마족의 눈빛이 변했다. 그들은 잠시간 상두를 하늘의 전사라고 생각했던 관념이 무너져 내린 것이다.

그는 인간이었다.

그들이 가지고 놀 듯 유린하는 그 인간 말이다.

크와아악!!

마족들의 외침이 크게 울렸다. 두려움에게 깨어났다는 신호!

그들은 상두에게로 무섭도록 빠르게 달려들었다.

인간임을 확인한 이상 무서울 것은 없었다.

수십 명이 달려들면 된다. 수십 명이 안 되면 수백 명이 달려들면 그만이다. 그만큼 마족의 숫자는 압도적이었다.

"이거… 겁줘서 도망가게 하려고 했더니 골치 아프게 생겼네."

상두 역시 너스레를 떨었지만 눈빛이 변했다.

그가 대치하고 있는 마족의 숫자는 어림잡아 헤아려도 이만 이상.

지금의 힘으로는 그들을 모두 막아낼 수 있을 리 만무했다.

하지만 상두는 이곳에서 포기할 수가 없었다.

그들을 어떻게 해서든 막아내야 했다.

이곳이 뚫리면 삽시간에 본진까지다.

그렇다면 그가 이곳에 온 수고도 사라지는 것이다.

"하아아압!!"

상두는 엄청난 기합과 함께 달려오는 마족들에게 달려들었다.

폭풍처럼 몰아쳤다.

마족들 개개인은 역시 상두의 상대가 아니었다.

상두의 주먹이 발이 마족들을 쓰러뜨렸다.

처음 얼마간은 급소에 제대로 타격하지 못해 고전했지만 점점 갈수록 상두는 예전의 감각을 되찾았다.

기억은 몸으로 정보를 전달했고 생전 처음 이런 경우를 겪는 육체였지만 그래도 잘 반응했다.

정확하게 급소를 타격하며 그들을 쓰러뜨렸다.

하지만 상두가 당하지 않는 것은 아니었다.

그들의 무기에 온몸이 상처를 입었고 그들의 둔기에 팔다리가 부러질 듯한 고통을 느꼈다.

카논의 육체라면 전혀 타격이 없었을 것이다.

지금 상두는 카논의 육체가 아닌 것이 굉장히 아쉬웠다.

하지만 그는 멈추지 않았다.

그의 눈에는 광기와 비슷한 희열이 감돌았다.

상두는 지금 이 전투에서 엄청나게 밀려드는 카타르시스를 느끼고 있었다.

이런 것을 원하고 있었다.

이렇게 강하게 모든 것을 분출할 수 있는 이 기분을 원하고 있었던 것이다!

"카, 카논… 마스터 카논!!"

멀리서 그를 바라보던 수장은 상두를 보고 놀란 듯 외쳤다.

그의 행동과 닮았다고 했더니만 정말로 카논일 줄이야!

카논이라는 이름이 삽시간에 사방으로 퍼졌다.

그러자 방어선을 지키던 인간들의 눈빛이 변했다.

대륙의 영웅 카논!

마신 카이데아스를 봉인한 카논!

죽었다고 생각한 그가 돌아왔다. 바로 그들이 싸우고 있는 이곳에!

거짓말이라도 괜찮았다.

그들은 그것이 사실이든 아니든 간에 지금 그들 앞에서 싸우고 있는 자는 그만큼 강하게 느껴졌기 때문이었다.

그것만으로 그들에겐 너무나도 크고 강맹한 힘이 된 것이다.

와아아아아!!

인간들이 큰소리를 외치며 몰려왔다

그들의 외침은 군기가 되어 하늘로 뻗쳤다.

덕분에 마족들은 조금씩 밀리고 있었다.

두세 사람이 마족 하나는 쓰러뜨리고 있었다.

부상을 입는 자들도 있었고 죽임을 당하는 자들도 있었다. 하지만 예전만큼 기력 없이 쓰러지지는 않았다.

그들의 군기가 상두에게 닿았을까.

상두 역시 힘이 더 났다.

마구 달려들어 마족들을 거침없이 쓰러뜨렸다.

그럴 때마다 그의 몸으로 마족의 에너지가 스며들어왔다. 검은 기운이 흡수되었다.

"하아아아아아!!"

그는 크게 외쳤다.

그의 외침은 사자후처럼 터져나와 사방을 크게 울렸다.

상두를 공격하던 마족이 움직임을 멈췄다. 완전히 얼어버린 것이다.

그 원천은 바로 두려움.

두려움은 생각 외로 전염성이 강하다.

두려움은 옆으로 또 뒤로 순식간에 번진다.

삽시간에 마족의 군단 전체로 두려움이 전해졌다.

상두는 그들의 움직임이 멈춘 것을 보았다. 이제 그들에게 완전한 공포를 선사해야 한다.

그는 숨을 크게 들이마시고는 큰소리로 외쳤다.

"내가 돌아왔다! 피스트 마스터 카논이 이제 돌아왔다!!"

짐승처럼 크게 외치는 소리에 마족들이 그게 동요하기 시작했다.

인간의 언어는 알아들을 수 없으나 그들은 한 가지 단어는 알아들었다.

카논.

카논이라는 이름!

그 이름은 그들의 뇌리 속에 크게 각인되어 있었다.

수십만의 마족을 도륙한 유일하게 두려운 인간!

마족들은 물러나기 시작했다.

카논이 있는 이상 이곳을 점령하기 힘들다는 것을 그들도 알고 있었던 것이다.

도망가는 마족들 사이에 인간들의 모습이 보였다.

상두는 그들을 보고 인상을 찌푸렸다.

"빌어먹을 배신자 놈들."

상두는 침을 바닥에 퉤하고 뱉어냈다.

달려가서 죽여 버리고 싶었지만 그의 손만 더러워진다.

"카논이시여!!"

상두는 뒤를 돌아보았다. 방어선의 모든 사람이 나아왔다.

그 중심에는 이 방어선의 수장이 있었다.

"메이블님."

상두는 그를 바라보며 웃음 지었다.

모습은 달라졌지만 그의 말투 행동은 분명히 예전 카논 그대로였다.

모두들 상두를 향해 무릎을 꿇었다.

대륙에서 마스터의 칭호는 대단한 것이었다.

그것은 대공에 준하는 직위인 것이다. 모두들 이렇게 무릎을 꿇고 예를 표할 만한 것이었다.

모두들 상두를 우러러 보았다.

그들은 기다렸다. 이렇게 마족의 압제에서 구해줄 영웅을……

그가 돌아왔다. 죽을 줄로만 알던 그가 돌아왔다.

모습은 달라졌지만 이 압도적인 강함은 바로 카논이었다.

*　　　*　　　*

최종방어선의 수장 메이블은 상두를 성대하게 맞이하였다.

　　평소에는 구할 수도 없었던 술도 구해왔다.

　　상두인 카논이 술을 마시지 못한다는 사실은 알고 있었지만 그는 오늘만큼은 기분을 내고 싶었다.

　　병사들도 오랜만에 마시는 술로 인해 기분이 무척이나 좋아지고 있었다.

　　메이블의 막사 안에는 상두와 아르페지오 그리고 메이블이 있었다.

　　막사 안의 탁자에는 전쟁 통에서는 볼 수 없는 진수성찬이 놓여 있었다.

　　"죽은 줄로만 알았습니다. 도대체 어디에 있었던 겁니까."

　　메이블의 물음에 상두는 웃으며 대답했다.

　　"잠시 다른 세계에 있었습니다. 저도 죽을 것만 같았죠. 하지만 이렇게 돌아왔습니다. 그러니 다행이죠."

　　"당신께서 돌아오셨지만 이 세상이 이렇게 되어 버린 것이 송구스럽군요."

　　메이블은 좋은 음식 앞에서 낯빛이 어두워졌다.

　　"여러분들의 잘못도 아닙니다. 카이데아스 놈이 일으킨 일이니……."

"뭐 그렇지요. 그럼 마음껏 드십시오. 오늘은 축제의 날이나 마찬가지입니다."

메이블의 말에 상두는 고개를 절레 흔들었다.

이곳에 와서 처음으로 보는 제대로 된 음식이지만 먹고 싶은 생각이 들지 않았다.

"아닙니다. 저는 지금 선전의 상황을 듣고 싶습니다. 이 음식들은 병사들에게 나눠 주십시오."

그는 성대한 잔치를 마다했다. 그러자 메이블은 잠시 머뭇하더니 호탕하게 웃는다.

"하하하!! 역시나 카논님다우십니다!"

이런 연회를 싫어하고 오로지 전선 걱정만 하던 그 카논의 모습을 다시금 볼 수 있어 메이블은 행복감을 느꼈다.

마족에게 압제되는 가운데 이런 행복을 느낀 것도 오랜만이었다.

"그럼 설명해 드리겠습니다."

메이블은 이곳과 함께 열 군데가 최종방어선이라고 했다.

대륙 전체를 놓고 보면 좁은 길목이지만 사람으로 볼 때는 굉장히 드넓은 지역에 최종방어선이 구축되었다고 한다.

덕분에 방어선 아래는 마족의 침탈에서 조금은 안정적이라고 한다.

모든 것은 성물 덕분이었다.

성물 하나로 정화하여 마족의 진입을 막 수 있는 범위가 상당히 광범위하다고 한다.

그래서 고작 열 군데의 진영으로도 최종방어선이 구축되었고 마족의 진군을 더디게 할 수 있었다 한다.

하지만 언제나 변절자는 있는 법.

마족들보다는 변절한 인간들의 공격이 더 골치가 아프다고 했다.

정화된 땅은 인간은 쉽게 접근할 수 있었기 때문이다.

이번 공격도 진영 내에 변절자가 생겨 그가 성물을 훼손했기 때문에 빚어졌다고 한다.

복구가 가능할 정도만 훼손되어 다행이라는 설명도 덧붙였다.

"그렇다면 마스터 카논은 본진으로 향하실 겁니까?"

"본진에서 소환했으니 당연합니다."

"하지만 본진까지는 거리가 꽤 있습니다만……."

상두는 고개를 끄덕였다.

"그래서 천둥새의 힘을 빌려보려고 합니다."

천둥새라는 이름이 나오자 메이블은 인상을 찌푸렸다.

"천둥새에게 가면 후회하실 겁니다."

"무슨 말씀이시죠?"

"저희도 천둥새의 도움을 받으려 했지만, 오히려 죽임을 당한 이들이 수두룩합니다."

상두는 히죽 웃음을 보였다.

"불가능한 것을 가능하게 만드는 것이 바로 저의 지론 아니었던가요?"

상두의 말에 그는 고개를 끄덕였다. 카논이라면 할 수 있을 것이라고 생각한 것이다.

"제가 도와줄 것이라도?"

"괜찮습니다. 이곳의 방어에 전념해 주십시오. 인원도 많이 부족하다고 들었습니다."

메이블은 고개를 끄덕였다.

지금은 상당히 인력이 부족한 상황. 한사람이라도 중요한 순간이다.

상두에게 도움을 줄 수 있는 여력은 사실 없었다.

"그럼 일단 쉬십시오. 내일 출발하시려면 힘이 드실 테니."

"감사합니다."

상두는 고개를 끄덕였다.

"대장님!"

안으로 누군가가 빠르게 들어왔다.

"전서구가 날아왔습니다!!"

그는 전서구 담당의 병사였다.

그의 표정이 매우 급박한 것으로 보아서는 굉장히 큰 일이
벌어지고 있는 것 같았다.

"무슨 일이냐."

"지금 본진 근처 해안에 마족들이 침공했다고 합니다! 벌
써 주변의 진지들이 모두 점령당했고, 이대로라면 한 달 이내
에 본진이 함락될 것 같다고 전해왔습니다! 하루빨리 병사들
을 원조해 달라는 요청입니다!"

본진에서 이 멀리 변방까지 전서구를 날릴 정도라면 지금
본진은 풍전등화의 상황!

상두의 표정도 달라졌다.

"내일 출발하려고 했지만 지금 출발해야겠군요. 하루빨리
천둥새를 타고 본진으로 날아가 전력에 도움이 되야겠습니
다."

상두는 자리에서 일어났다. 메이블은 그를 바라보며 고개
를 끄덕였다.

"가는 날 도움을 드리고 싶었는데… 아쉽게 되었군요. 병
사들에 육포를 좀 준비해 두라고 하겠습니다. 여행하는 동안
식량으로 삼으십시오."

"고맙습니다."

상두는 아르페지오를 바라보았다.

"가자, 본진으로!"

아르페지오는 고개를 끄덕였다.

굉장히 혼란스러운 상황일 텐데도 역시나 키아난 기사단답게 그는 평정을 유지하고 있었다.

메이블의 막사 밖으로 나온 상두는 숨을 크게 들이마셨다.

약간 두근거리는 가슴을 진정시키기 위해서였다.

검은 기운으로 인해 숨쉬기는 곤란했다.

상두는 주먹을 꼭 쥐었다. 다시금 이 세상에 이런 검은 공기가 아닌 숨쉬기 좋은 그런 세상을 만들 거라 다짐했다.

CHAPTER **05**
천둥새

상두와 아르페지오는 험준한 산을 오르고 있었다.

경사도가 상두가 있던 한국의 산들과는 상대가 되지 않았다. 경사도뿐만이 아니라 거칠기도 꽤나 거칠었다.

조금만 삐끗하면 큰 부상으로 이어질 것이었다.

뿐만이 아니라 높이도 꽤나 높아 하루 만에 오를 수 있는 산이 아니었다.

암벽을 등반하고 완만한 경사에 다다르면 이제는 마물들의 기승을 부렸다.

성물로 구축된 방어선 덕에 마족들의 침탈은 어느 정도 막을 수 있었다지만, 방어선 안에 존재하고 있는 마물로 인해 사람들은 골머리를 썩었다.

마족들이 데려온 마물들도 있었고 마족들의 영향으로 마물화된 이곳의 생명체들도 있었다.

그렇다 보니 머리가 아플 정도로 마물의 숫자는 많았다.

상두 역시 그 마물들 덕분에 골치가 아파왔다.

분명 마족보다 강한 것들은 아니었다.

큰 힘을 들이지 않아도 충분히 제압할 수는 있는 정도였다.

하지만 끊임없이 쉴 틈도 없이 다가서는 통에 환장할 노릇이었다.

게다가 언제 등장할지 몰라 신경이 더욱더 날카로워졌다.

"도대체 천둥새는 어디에 있는 거야!"

아르페지오는 이제는 화가 터져 나와 버렸다. 마물은 그렇게 그들을 귀찮게 만들었다.

"조금만 참고 더 올라가 보자구. 이 산에 분명히 있다고 메이블님이 말씀하셨잖아."

상두의 말에 그녀는 이를 악물고 고개를 끄덕였다.

"만약에 이렇게 열심히 올라가는데도 천둥새가 없다면 그 메이블님을 평생 미워할 거예요."

상두는 아르페지오의 말에 헛웃음을 보였다.

하지만 그렇게 이를 악물고 앞으로 나아가는 수고도 헛되게 밤은 쉽사리 찾아왔다.

밤의 마물들은 낮보다 훨씬 더 힘이 강력해진다. 더움은 그들의 힘의 원천인 셈이다.

어쩔 수 없이 비박을 할 수밖에 없었다.

그들은 서둘러 모닥불을 피웠다.

다행히 주변에는 땔감이 많이 있었다.

덕분에 밤새 불이 꺼질 걱정은 하지 않아도 되었다.

마물은 기본적으로 불을 두려워한다.

그렇기에 모닥불을 피워 놓으면 그들의 습격에 대비할 수 있었다.

어쩌면 불을 피우며 이동하지 않는 밤이 마물들의 습격에 더욱 안전할지도 모른다.

"도대체 이런 수고를 왜 해야 하는 거지……?"

아르페지오는 정신적으로 한계에 다다른 듯 짜증을 부렸다. 하지만 상두는 그의 짜증에 대꾸하지 않았다.

이렇게 여자가 짜증나 있을 때 말을 받아줬다가는 귀찮아지기 일쑤였다.

그것을 잘 알고 있는 상두는 그녀가 투덜거리도록 내버려두었다.

하지만 그런 짜증도 듣는 데 한계가 있다.

상두에게도 한계가 다가왔는지 배낭에서 육포를 꺼내 아

르페지오에게 던져 주었다.

"먹어. 배가 고프면 더 짜증나는 법이야."

그녀는 상두의 말대로 육포를 받아 씹어 먹었다.

역시나 위장이 어느 정도 채워지니 기분이 좋아지는 것을 느끼는 아르페지오였다.

덕분에 더 이상의 불평불만은 없었다. 상두는 조용한 것이 기분이 좋은지 모닥불을 뒤적이며 웃음 지었다.

"저 눈빛들 기분 나빠요."

아르페지오는 주변으로 몰려든 마물들의 붉고 푸른 안광을 가리켰다.

굉장히 많은 안광이 그들을 노려보고 있었다.

살기가 가득 띈 눈빛이 아르페지오는 굉장히 부담스러운 것 같았다.

"눈 좀 붙이는 게 어때? 어차피 밤은 길어."

상두의 말에 아르페지오는 고개를 절레 흔들었다.

"제가 자면 당신은요?"

"괜찮아. 난 이런데 익숙하니까. 게다가 불이 피워져 있는 동안에는 마물들이 습격하지 않으니까."

상두의 말에 아르페지오는 염치 불구하고 눈을 붙였다.

그는 그녀의 모습을 보며 훗 하고 웃음을 보였다.

깨어서 계속 투덜거리는 것을 보고 있는 것보다는 이렇게 잠든 것이 더 상두에게는 편할 것이다.

"여자에게는 조금은 가혹한 현실이지."

이윽고 새근새근 소리가 들려왔다. 아르페지오는 금세 잠이 들었던 것이다.

상두는 평화로운 소리를 들으며 불이 꺼지지 않게 장작을 계속해서 넣었다.

불은 계속해서 잘 타올랐다. 덕분에 훈기가 상두에게까지 노곤하게 전해졌다.

거기에 아르페지오의 새근거리는 소리는 그에게 졸음을 가져다주었다.

그는 눈이 점차 감겨왔다.

"안 돼……!"

잠시 졸아버린 자신을 발견한 상두는 화들짝 놀라서 깨어났다.

그는 눈을 힘겹게 뜨며 그의 얼굴을 탁탁 쳤다.

아무래도 오랫동안 평화로운 저쪽 세상에서 길들여져 금세 이렇게 신경을 놓게 된 것이다.

"참아야 해."

그는 그렇게 계속해서 자신을 다그쳤다. 이런 곳에서 신경을 무디게 만들면 그것은 죽음과 직결된다.

살기 위해서 그는 정신을 차려야 했다.

하지만……

쏟아지는 졸음을 참을 수 있는 사람은 그다지 많지가 않다.

상두는 역시 그렇게 스르륵 잠이 들었다. 잠이 들어서는 안 되는 것을 알면서도……

"아니……!"

그는 눈을 떴다.

잠시 잠든 것 같았지만 꽤 오랜 시간을 잠든 것 같았다.

덕분에 불이 많이 약해져 있었다. 이대로 두면 금방이라도 꺼질 것만 같았다.

"불이 꺼지면 안 돼!"

그는 불을 살리기 위해 장작을 넣고 바람을 불어 넣었다. 열심히 불을 되살리려고 했지만 그의 노력에도 불구하고 불이 꺼져 버렸다.

헛수고였다.

"제기랄……"

모닥불이 꺼진 것이 주변으로 알려졌는지 마물들의 안광이 많이 늘어나기 시작했다. 불이 꺼진 지금은 그들의 찬스였다.

크와아악!!

마물들은 소리를 내지르며 상두를 향해 날아들었다.

마족들이 검은 기운을 깔아 놓았다고 해서 세상이 완전히 어두운 것은 아니었다.

마족의 침탈이 무뎌진 이곳에는 아침이 되면 어느 정도 빛이 느껴졌다.

그렇기에 낮과 밤을 구분할 수 있었다.

덕분에 아침 새소리가 들려왔다.

동물들도 이 환경에 어느 정도 적응했는지 늦은 저녁 같은 아침이지만 소리 높여 울었다.

하지만 아르페지오가 눈을 뜬 것은 아침 새소리 때문이 아니었다.

코끝을 찌르는 비릿하고 불쾌한 냄새 때문이었다.

그녀는 더 이상 견딜 수 없는지 눈을 떴다.

"으음……. 뭐지, 이 냄새는?"

기지개를 켜고 눈을 뜨자 그녀의 앞에 놀라운 광경이 펼쳐졌다.

사방으로 마물의 시체가 즐비했던 것이다.

시체 모두가 성한 것이 없었다.

거의 다 급소 부분이 곤죽이 되거나 팔다리가 떨어져 나간 것들이었다.

이 비릿하고 불쾌한 냄새의 정체는 바로 이 마물들의 피 냄새였던 것이다.

"일어났어?"

상두는 마물의 피를 잔뜩 뒤집어쓰고는 히죽 인사를 했다. 인사하는 그의 눈빛이 많이 피곤해 보였다.

"밤새⋯ 이렇게 싸운 거예요?"

상두는 고개를 끄덕였다.

그는 불이 꺼진 다음부터 몇 시간을 이렇게 마물과 잠도 자지 않고 싸운 것이다.

"저를 깨우든지 하죠."

"너무 곤하게 자서 말이야. 마물들이 큰소리를 내며 죽어 나가도 모르던걸 뭐."

상두가 다시 히죽 웃자 그녀의 얼굴이 붉어졌다.

이렇게 상두가 고생했는데도 불구하고 깨지 못한 것이 부끄러웠다.

하지만 그 이유보다는 상두의 히죽 웃는 모습에 자기도 모르게 가슴이 쿵쾅거린 것이 들킬까 두려워 부끄러웠다.

"짓궂어 정말."

그녀의 말에 상두는 머리를 긁적였다.

"자, 다시 이동해 볼까?"

상두의 말에 그녀는 고개를 끄덕였다.

이렇게 지체할 시간이 없었다. 일 분 일 초라도 아껴 발걸음을 내딛어야 했다.

시간을 아끼기 위해 그들은 이동 간에 아침 대용으로 마족의 육포를 다시 뜯었다.

이 육포도 얼마 남지 않았다.

이것을 다 먹기 전에는 천둥새를 만나야 했고 또 설득해야했다.

이동하는 도중에는 다행이도 마물의 습격은 없었다.

상두에게서 뿜어져 나오는 짙은 마물의 피 냄새 때문이었다.

그에게서 흘러나오는 피의 향취는 그가 상당한 마물을 이겨내고 왔다는 것을 그들에게 어필하는 것이었다.

보통의 동물들보다 훨씬 머리가 좋은 마물들은 판단력이 빨라 섣불리 공격할 수가 없었던 것이다.

덕분에 마물의 공격이 없이 쉽사리 산을 오를 수가 있었다.

몇 개의 암벽 절벽을 오르고 또 몇 개의 능선을 올랐다. 그렇게 노력하다 보니 정상이 없을 것 같던 이 산의 정상에 도착했다.

"넓은 대지가 있을 줄이야."

상두는 정상의 모습에 감탄했다.

산 위에 특이하게도 평지가 존재해 있었다.

꽤나 넓은 이 평지의 중심에 거대하고 또 거대한 금빛으로 빛나는 새가 존재하고 있었다.

그것은 바로 천둥새.

인간이 존재하기 이전부터 살고 있었다는 전설의 그 새였다.

상두는 천천히 그를 향해 나아갔다. 천둥새의 심기를 건드리지 않기 위해서였다.

들리는 말로는 천둥새는 예민하다고 한다.

하나 천둥새는 진작에 그들의 존재를 알고 있었다는 듯 고개를 돌려 물끄러미 바라보았다.

—무슨 일로 왔느냐 인간이여.

놀랍게도 그는 말을 할 수 있었다.

하나 말을 한다기보다는 마음으로 그의 생각을 울리게 하는 것 같았다.

그대로 말이 통한다니 이야기하는 편할 것이다.

"당신의 도움이 필요합니다."

상두는 단도직입적으로 말했다.

천둥새는 다시금 그를 물끄러미 바라보았다.

—무슨 도움이 필요한 것이냐.

"당신의 등에 타고 싶습니다."

상두의 말에 웅크리고 있던 천둥새가 일어났다.

온몸에서 누런 스파크가 튀어 오르고 있는 것으로 보아 기분이 썩 좋지 않은 모양이었다. 아무래도 하등한 인간이 자신의 등에 탄다는 것은 굴욕으로 느껴지는 것 같았다.

─감히 하등한 인간 주제에 내 등에 올라타겠다는 것인가!

대노하는 그는 잠시간 목이 불편한지 몇 번 움직였다.

하지만 그뿐, 다시금 상두를 노려보았다. 살기가 가득한 눈초리였다.

"당신의 도움이 필요하다고 했지. 당신을 굴복시킨다고는 하지 않았습니다."

─어리석구나 인간이여! 너의 조상이 일어나 걷기 이전부터 존재해 왔다! 그런데 나에게 그런 굴욕을 주겠다는 것이냐!

그는 날개를 펄럭이기 시작했다.

살짝만 움직이는 데도 그 풍압은 대단했다. 두 사람의 몸이 휘청일 정도였다.

─지금이라도 잘못을 뉘우치고 돌아간다면 목숨만은 살려주겠다, 인간이여.

"그럴 수 없습니다. 당신의 도움이 필요합니다!"

상두 역시 물러설 수 없었다. 천둥새는 더 이상 참지 못하겠는지 날개를 강하게 휘저었다!

"크윽!!"

상두가 신음을 내뿜을 수밖에 없는 엄청난 풍압이었다.

마치 거대한 태풍 앞에 마주 서 있는 것 같았다.

"버티기가… 버티기가 힘들다……!"

상두와 아르페지오의 몸은 풍압으로 인해 견디지 못하고 공중으로 부웅 떠올랐다.

이내 강렬한 태풍과도 같은 날갯짓에 천둥새의 반대편으로 날아가기 시작했다.

멀리도 날아갔다.

풍압은 굉장히 먼 곳까지 영향을 끼친 것이었다. 풍압이 닿지 않은 곳까지 이르러서야 더 이상 두 사람은 날아가지 않았다.

하지만 이제…….

"떨어진다아아아아!!"

아르페지오가 비명을 질러댔다.

그들은 중력의 이끌림에 빠르게 아래로 떨어지고 있었다.

수천 미터의 높이.

이대로 떨어진다면 두 사람은 살아남을 수가 없을 것이다.

하지만 상두는 여기서 죽을 생각은 없었다. 이렇게 죽는다면 지금까지의 그의 인생은 헛될 것이다.

"이대로 내가 당할 것 같으냐!"

그는 허공을 휘저어 앞으로 나아가 아르페지오를 품에 안았다.

"충격이 있을 거야!"

그렇게 말함과 동시에 상두는 쏜살같이 지상으로 내려가기 시작했다.

"이대로는 죽어요!!"

그녀의 만류에도 상두는 반응하지 않았다. 이대로 지상으로 곤두박질칠 것만 같았다.

아르페지오는 무모한 상두의 돌진에 눈을 감았다.

이제는 모든 것이 끝이다!

"우리는 죽지 않아!"

상두는 어느 정도 높이에 이르렀을 때 손을 뻗었다.

"하압!!"

급격한 에너지의 방출!

덕분에 그의 손에서는 맹렬한 충격파가 발생했다.

이것은 상두가 있던 세계에서 장풍이라고 불렸다. 상두가 만화영화에서 본 적이 있는 이 기술을 흉내 내 본 것인데 효과는 상당했다.

충격파의 반발력 덕분에 안전하게 땅에 착지할 수가 있었다.

아르페지오는 어안이 벙벙했다.

그대로 죽을 것만 같았다.

하지만 아직도 심장은 미친 듯이 뛰고 있었다. 그녀는 공포가 덜 가셔졌는지 온몸을 부들부들 떨었다.

"후우……. 다시 처음부터 시작인가?"

상두와 아르페지오는 다시 산 아래로 내려와 있었다.

게다가 산에서 굉장히 멀리 떨어진 곳에 위치해 있었다. 또다시 이틀을 꼬박 걷고 산을 타야 천둥새가 있는 곳으로 도착할 수 있을 것 같았다.

"앞이 캄캄하네요. 또 올라야 되요?"

아르페지오의 말에 상두는 히죽 웃었다.

다시 오를 생각을 하니 그 역시도 앞이 캄캄해졌다.

하지만 표시를 내지 않았다. 그가 표를 내면 아르페지오는 더욱더 힘들 것이다.

＊　　　＊　　　＊

상두는 몇 번을 날아가고 몇 번을 다시 산을 오르고를 반복했다.

처음에는 덕분에 처음에는 이틀 만에 올랐던 산을 얼마 후에는 하루, 이제는 반나절 만에 오를 수 있었다.

역시나 인간은 적응의 동물이었다.

며칠이 지났는지 세지 않았다. 그저 귀찮아졌다.

시간이 없는데 자꾸만 허비하니 답답하기도 한 두 사람이었다.

아르페지오는 이렇게 반복되게 산을 오르는 것이 이제는 지쳐만 갔다.

계속해서 오르고 또 오르는데 얻어지는 것은 없으니 짜증이 날 만도 했다.

하지만 짜증도 내지 않았고 화도 내지 않았다. 그저 묵묵히 산을 오를 뿐이었다.

도대체 어디서 저런 인내심이 나오는지 아르페지오가 혀를 내두를 정도였다.

그러나 상대하고 있는 천둥새는 아르페지오처럼 지친 모양이었다.

끈덕지게 다시 올라와 자신의 등을 빌려달라는 인간에게 너무도 질려 버린 것이다.

아마도 그의 기나긴 일생 동안 이런 인간은 한 번도 본 적이 없을 것이다.

아니, 이런 생명체를 본 적이 없을 것이다.

"등을 빌려주시오."

다시 올라와서 한다는 말은 또 등을 빌려달라는 것이었다.

─네놈은 치지지도 않는가!

"등을 빌려 주십시오!"

─그럴 수 없다고 말하였다!

역시나 강경한 천둥새의 반응.

그의 등을 허락하여 인간의 탈 것이 되는 것은 그의 자존심을 떨어뜨리는 것이다.

그런 행동을 절대로 할 수 없다고 생각하는 천둥새였다.

─또 날려주마! 다시 올라오지 못하도록 저 세상 끝까지 날려 주겠다!!

다시 날개를 펄럭이려고 들어 올렸다.

"당신이 등을 빌려주지 않으면 이 세계는 마족에게 점령당할 겁니다!'

상두의 외침.

잠시간 정적이 흘렀지만 천둥새는 비웃음을 상두의 마음속으로 전달했다.

─그것이 무슨 상관이냐. 너희 인간들 따위가 없어진다고해도 나에게 하등에 불이익 따위는 없다.

"그 다음은 당신일 텐데?'

상두의 말에 천둥새는 잠시 움찔거렸다.

"인간이 모두 죽고 나면 마족은 당신과 다른 생명들을 노릴 것입니다."

천둥새는 다시금 움찔하며 날개를 내렸다. 상두는 말을 이어갔다.

"마족이 인간만 노리고 있는 것 같습니까? 방해가 된다면당신도 죽일 겁니다. 그렇게 자존심이 강한 당신이 마족에게 고개를 조아릴 리도 없을 테니 당신은 마족의 제거대상일 뿐입니다."

상두의 말이 맞을지도 모른다.

—너의 말이 맞을지도 모르지. 하지만······.

천둥새는 다시 날개를 들었다. 그의 자존심은 어찌되었든 인간에게 등을 빌려줄 수가 없었다.

—내 등은 허락할 수가 없다!

그렇게 다시 날개를 펄럭이는 가운데 그는 목이 불편한지 움직였다.

상두는 그것을 캐치했다.

며칠 전 처음 천둥새를 보았을 때에도 그는 목이 불편한지 움직이는 것을 볼 수가 있었다. 분명히 목 안에 이상이 있을 것이다.

"그렇게 고귀하신 분이 날갯짓밖에 할 줄 몰라요?"

—무슨 말이냐.

천둥새가 상두의 도발에 발끈한다.

'반응이 있군.'

상두는 여세를 몰아 더욱더 그를 몰아붙일 셈인 듯 입을 다시금 열었다.

"그렇게 고귀하신 분이 왜 저를 못 잡아먹을까요? 날갯짓으로 계속 날려 버리는 것보다 덜 힘들 텐데요?"

─훗……. 난 성수다. 성스러운 내가 인간 따위를 먹을 것 같으냐?

그의 말에 상두는 비웃음을 보이며 마지막 결정타를 날렸다.

"내가 무서운 것이 아니고?"

천둥새의 낯빛이 변한다.

금색의 얼굴 깃털 색깔이 이제는 하얀색으로 변한 것이다. 이것은 화가 났다는 표시이다.

─내가… 내가… 인간 따위를 무서워 할 것 같으냐!

금방이라도 상두를 쪼아 버릴 것 같은 위압감이 사방으로 퍼졌다.

"왜 이러시는 거예요. 도발해서 좋을 게 뭐가 있다고!"

아르페지오는 그를 나무랐다.

하지만 상두는 웃음을 보이며 말을 이었다.

"성수라는 것도 별것 아니군. 날갯짓만 계속 하는 것을 봐서는! 나를 잡아먹어 보란 말이야, 이 겁쟁이!"

회심의 카운터펀치!

─이 이놈이!!

커다란 천둥새의 부리가 상두를 향해 날아온다. 상두는 피하지도 그 부리를 맞이했다. 천둥새는 그대로 상두를 꿀꺽 삼켰다.

─인간 따위 삼키는 것은 일도 아니다! 하하하!

천둥새는 상두를 삼킨 것이 자랑스러운 듯 호방한 웃음을 보였다.

"아아악!!"

아르페지오는 당황해서 소리를 질러댔다.

─시끄럽다, 인간 계집년! 내 뱃속의 그놈처럼 되기 싫으면 꺼져라!

그의 외침에 아르페지오는 그를 향해 달려들었다. 검에는 그녀의 서슬 퍼런 살기가 스며들어갔다.

그녀가 천둥새를 이길 수 있을 리 만무했다. 하지만 상두가 그에게 먹혀 버렸다. 더 이상의 희망이 사라진 지금 그녀 역시 이판사판이었다.

─인간 계집년이! 크크큭 우습구나!

천둥새는 성큼성큼 아르페지오를 향해 나아왔다.

워낙에 거대한 덩치다 보니 몇 걸음 걷지도 않았는데 아르페지오의 근처까지 다가왔다.

아르페지오는 당황하지 않고 그를 향해 공격을 하려 칼을 들었다!

께에엑!!

하지만 그 순간 마치 새가 고통스러운 비명을 내뿜듯 천둥새도 비명을 내뿜으며 그대로 쓰러졌다.

넘어질 때 빚어진 충격파로 아르페지오는 멀리 날아가 나뒹굴었다.

"크읔……!"

당황한 아르페지오는 벌떡 일어나 천둥새를 바라보았다.

그는 어디가 아픈지 계속해서 뒹굴었다.

갑자기 벌어진 상황에 아르페지오는 당황했다. 목숨은 건진 것 같았다.

하지만 그녀가 목숨을 건지는 것도 아무런 의미가 없었다.

"내가 살면 뭐해……. 카논님이… 마스터 카논님이… 죽었……. 응?"

상두가 없는 지금 그녀는 목적을 잃어버린 것이나 다름이 없었다.

그대 천둥새가 무언가를 토해냈다.

그것은 바로 놀랍게도 상두였다! 그는 부식된 것 같이 보이는 커다란 나무 줄기를 어깨에 걸치고 있었다. 둘레가 성인 남성 세 사람은 끌어안아야 될 정도의 큰 나무였다.

"천둥새의 목에 이런 게 걸려 있더라고."

그는 아르페지오를 향해 웃음을 보였다.

"놀랐잖아요!"

그녀는 상두를 나무랐다. 그만큼 그를 걱정을 했던 것이다.

"미안해. 이것을 빼기 위해서 도발을 해야 했어."

"그러면 뭐해요! 도와주지도 않을 존재를 위해 왜 목숨을 걸어요! 왜!"

"어쩔 수 없잖아. 남의 위험을 도와야 하늘이 우리를 도와줄 거야."

상두의 말에도 위로가 되지 않는 듯 아르페지오는 주저앉았다.

기사단의 수석기사라는 체면도 내려놓은 채 엉엉 울기 시작했다.

―시끄럽다, 인간 여자여.

천둥새가 거대한 몸을 비슬비슬 일으켰다.

"목은 좀 어때요? 시원하죠?"

상두의 물음에 천둥새는 고개를 끄덕였다.

―그것을 빼주기 위해서 나를 도발한 것이냐.

이번에는 상두가 고개를 끄덕였다.

―하마터면 죽을 뻔했다. 왜 그렇게 한 것이냐.

"어떠한 존재든 곤경에 처하면 도와주라는 스승님의 전언을 따를 뿐입니다."

―나에게 잘 보이기 위해서 그런 게 아니고?

천둥새는 정곡을 찔렀다.

상두는 마치 급소를 맞은 표정으로 천둥새를 바라보며 말했다.

"하핫! 들켰군요!"

천둥새는 상두를 한참동안 바라보았다.

―하하하하!

천둥새는 박장대소를 했다.

상두가 재미있어서 그런 것인지 어이없어서 그런 것인지 알 수는 없었지만 그래도 그가 웃었다.

이제야 어느 정도 그의 마음을 얻은 것 같았다. 상두는 승리의 미소를 지었다.

―내가 영겁의 세월을 살아왔지만, 네놈같이 재밌는 놈은 본 적이 없다! 나를 웃게 해준 덕을 보게 해주겠다.

"그렇다는 것은?"

―그렇다, 내 등을 빌려주겠다.

그의 확답.

상두는 함박웃음을 보였다. 아르페지오는 너무도 기쁜 나머지 상두에게 달려와 안겼다.

두 사람은 그렇게 얼싸안았다. 지금 그들은 너무도 즐거운 축제 분위기였다.

―내 등에는 안 탈 것이냐? 나의 속도를 빌릴 정도라면 굉장히 위험한 상황에 처한 것 같은데.

천둥새가 나서니 두 사람은 민망함을 깨닫고 떨어졌다.

"타, 타야죠."

상두는 당황하여 말까지 더듬었다.

—자, 내 등에 올라타라!

상두와 아르페지오는 이제 정신을 제대로 챙기고 그 거대한 천둥새의 등에 올라타기 위해 기어올랐다.

"이거 거의 암벽등반 수준이구만."

상두는 혀를 끌끌 찼다. 그는 뭐든지 쉽게 되는 것이 없었다.

두 사람이 힘겹게 등에 올라서자 천둥새가 날갯짓을 시작했다.

—내 깃털을 꽉 잡고 있어야 할 것이다. 내 속도에 못 이겨 떨어지면 내가 책임질 수 없으니!

그의 말에 상두와 아르페지오는 날개를 꽉 잡았다.

동시에 천둥새는 공중으로 솟아올랐다.

천둥새, 그의 속도는 엄청난 것이었다.

덕분에 날아가는 동안 아르페지오는 풍압에 몇 번이나 떨어질 뻔했다.

그때마다 상두가 도와주지 않았다면 땅으로 추락해 죽었을 것이다.

버티기 힘든 것은 상두도 마찬가지였다.

이틀을 이렇게 깃털만 붙잡고 날아가니 체력적 한계를 느
낀 것이다.

하지만 그렇게 두 사람은 이틀을 천둥새의 등에서 힘겹게
버텨냈다.

그리고 얼마 후.

—너희들이 원하는 목적지에 도착했다.

그들은 본진이 있는 대륙 남부의 대도시 카르카손에 도착
할 수가 있었다.

도시가 보이자 천둥새는 속도를 줄여 날아갔다.

말을 타고는 몇십 일이 걸린다.

걸어서는 상상도 못할 거리다.

하지만 천둥새는 단 이틀 만에 도착했다. 역시나 전설의 새
다운 속도였다.

"하늘이 깨끗하군."

상두는 고개를 갸웃거렸다.

이 카르카손이라는 곳은 마족의 검은 연개에 오염되지 않
은 듯 하늘의 태양빛을 받고 있었다.

"이곳을 정화하기 위해 많은 신관님들의 노력이 있었거든
요. 이곳에서는 검은 연기를 마시지 않아도 되어 사람들이 많
이 건강합니다."

상두는 고개를 끄덕였다. 하지만 이해는 되지 않았다.

이곳을 정화할 재원이 있었다면 방어 전선을 해변까지 펼쳤어야 했다.

그렇게 했다면 지금처럼 해변으로 습격당하는 일은 없었을 것이다.

카르카손의 남쪽 지점에는 커다란 군사시설이 있었다.

이곳이 바로 대마신 전선의 중추인 이른바 '본진'이다.

천둥새는 그곳으로 유유히 날고 있었다.

본진의 넓은 공터에 천둥새가 착지했다.

착지하는 도중에 풍압으로 인해 사방의 천막들이 날아가는 불상사가 생겼다.

전설의 새인 천둥새가 나타나자 본진뿐만이 아니라 카르카손 전체가 웅성거렸다.

그를 보기 위해 많은 구경꾼들이 몰려들었다.

―도착했다.

천둥새의 말에 상두와 아르페지오는 내려왔다.

아르페지오는 감격에 찬 표정이었다.

드디어 그녀의 임무를 완수했기 때문이었다. 그리고 무엇보다 이제 재대로 씻을 수 있다는 것에 안도했다.

아무리 기사단이라고 해도 여자는 여자였다.

"고맙습니다, 전설의 새여."

상두의 인사에 천둥새는 호탕하게 다시 웃는다.

─나를 처음으로 웃게 해주었다. 그것만으로도 네 녀석은 나에게 큰 선물을 준거야. 도움이 필요할 때마다 이것에 정신을 집중해라. 그럼 내가 찾아와 줄 테니.

천둥새는 부리로 깃털을 뽑아 허공에 놓았다. 그러자 깃털은 조금씩 작아지며 상두의 손에 떨어졌다.

"다시 한 번 고맙습니다."

─그래, 나는 떠나겠다. 마족에게서 이 세계를 지켜다오!

천둥새는 공중으로 솟구쳤다.

그 여파로 사방의 집기들이 날아가 깨지고 넘어지고 말았다. 역시 전설의 새다운 퇴장이었다.

"후우…… 거참 다루기 힘든 새로군."

상두는 고개를 절레 흔들었다. 그의 등에 타기 위해 고생한 시간들을 생각하니 머리가 딱딱 아파왔다.

"아르페지오."

멀리서 중년 남성의 음성이 들려왔다.

"아, 아버지! 아니… 단장님!"

아르페지오는 중년의 남성을 향해 달려갔다. 그는 바로 카이난 기사단의 단장인 '코르테스'였다.

"코르테스……."

상두는 완고하게 생긴 기사인 이 사람을 알고 있었다.

그가 카논으로 활동하던 시절 그를 상당히 질투했던 인물이다.

덕분에 위험에도 카논을 몇 번 빠뜨린 그런 인물이다.

그때마다 살아 돌아온 그였지만 그를 탄핵할 수는 없었다. 그만큼 그의 입지는 탄탄했었다.

그런데 그런 인물의 딸이 아르페지오라니…….

상두는 적잖게 당황했다.

"저자가 설마……."

코르테스는 상두를 위아래를 훑더니 놀란 듯했다.

완벽한 저쪽 세계의 동양인의 모습인 상두이니 놀랄 수밖에 없었다.

대륙에는 없는 검은 머리와 검은 눈동자였다.

아니, 한 명이 있었다. 어디서 왔는지 모를 검은 눈동자를 지닌 엄청난 힘의 사나이.

바로 상두 아니, 카논의 사부였다.

"네, 맞아요, 단장님. 피스트 마스터 카논이에요."

코르테스는 많이 당황했지만 티를 내지 않고 상두에게 다가왔다.

"당신이 정말로 마스터 카논입니까?"

그는 상두에게 물었다.

육체가 달라졌으니 의심이 드는 것은 당연했다.

상두는 자신을 의심하는 그가 조금은 짜증이 났는지 이죽거렸다.

여러 가지 일을 겪어 육체적으로도 정신적으로도 힘이 들어 신경이 날카로웠다.

"흠……. 어떻게 하면 믿으려나. 보자……."

상두는 생각에 잠겼다.

하지만 이것은 상두가 연출한 모습일 뿐이다.

그의 기억에는 코르테스의 시쳇말로 찌질하던 과거가 모두 있었다.

"파르코크 전투에서 아군 2만 명을 고립시키고 혼자서 도망친 이야기를 먼저 할까요, 아니면 율마 전투에서 잘못된 지휘로 일만 명이 몰살당한 이야기부터 할까요?"

상두의 말에 코르테스의 얼굴빛이 어두워졌다. 이것은 그의 인생에 그야말로 치부.

"빌어먹을 놈. 말하는 꼬라지가 하나도 변하지 않았구나."

"귀족이나 되시는 양반이 말 힘한 것도 변하지 않았군요."

두 사람은 그렇게 노려보았다.

일촉즉발의 긴장감.

주변에 있던 병사들은 웅성이기 시작했다.

마족과의 대결이 목전에 있는 상황이다.

지휘관과 영웅과의 마찰이 그들이 그리 달갑지는 않을 수밖에 없었다.

전시이다.

전시에는 단합이 최우선 과제가 아닌가. 분열은 자멸이나 마찬가지다.

"오랜만이다, 반갑다!"

코르테스는 갑자기 웃으며 호방하게 그를 맞이한다.

"하하, 그러게 말입니다!"

상두 역시 긴장감을 연출했던 것과는 달리 히죽 웃음을 보였다.

사실 두 사람은 화해하고 친분을 쌓아 함께 지내던 사이였다.

상두가 카논이었을 때 여러 가지 마찰을 통해 그 역시 정신을 차리고 굉장히 유능한 지휘관으로 변했다.

그것이 바로 카논의 덕이라는 것을 가장 잘 알고 있는 것은 코르테스.

그가 없었다면 코르테스는 그저 한낱 귀족나부랑이로 삶을 마쳤을 것이다.

덕분에 그는 상두를 평생의 은인으로 생각한다.

이번 카논 소환 의견을 발의한 것도 역시 코르테스였던 것이다.

"일단은 안으로 들어갑시다."

코르테스의 안내에 상두는 고개를 끄덕이며 그의 뒤를 따랐다.

그들이 향한 곳은 코르테스의 지휘관저였다.

이곳 카르카손의 건물들이 전쟁 통에도 아직 화려한 것과는 달리 코르테스의 관저는 그리 휘황찬란하지 않았다.

효율적인 형식으로 만들어진 건물이었다.

"드세나."

코르테스의 안내로 들어간 관저의 지휘관실 역시 검소했다.

보통의 지휘관실에는 좋은 가구나 전시된 갑옷 무기가 있었다.

하지만 그의 지휘관실은 그저 허름한 책상과 회의를 진행할 수 있는 원탁이 전부였다.

"이곳까지 오느라 수고가 많았네. 천둥새를 타고 나타나다니 사람 놀라게 하는 재주는 여전하이."

"뭐, 그렇죠. 이곳의 상황부터 이야기해 주십시오."

상두의 물음에 코르테스는 고개를 끄덕였다.

"단도직입적인 것도 그대로구만. 이야기는 들을 필요도 없다네. 어차피 메이블공에게도 우리 아르페지오에게도 들었을 테니. 그 이상 이야기할 것도 없네."

"한마디로 정황은 최악이라는 뜻이로군요."

상두의 핵심을 꼬집는 말에 코르테스는 눈살을 찌푸렸다.

남쪽에서 치고 올라오는 마족들의 기습부대로 인해 지금 이 카르카손의 본진은 풍전등화였다.

최악 중에 최악.

"최악이지, 최악이야. 게다가 요즘 마족에게 항복하자는 여론이 많지."

이번에는 상두가 눈살을 찌푸렸다.

마족에게 항복은 인간의 멸망을 의미한다. 그런데도 마족에게 항복하자고 하다니…….

"도대체 얼마나 썩으면 그런 생각을 할 수 있는 걸까요."

상두는 도무지 이해가 되지 않았다.

"내일 자네를 환영하는 연회가 펼쳐질 거야."

"아……. 그런 거 꼭 해야 되나요?"

이런 상황에서 연회까지…….

귀족이라는 자들은 뼛속까지 썩었단 말인가.

"자네를 시험하는 시간을 가진다는 거지. 자네를 탐탁지 않게 느끼는 자들이 꽤 많다네. 정신 똑바로 차려야 할 것이야."

한숨을 내쉬는 상두.

일단 본진에 돌아오면 뭐라도 될 것 같다고 생각했지만 오히려 그가 가장 골치 아파하는 사람들을 상대를 해야 했다.

게다가 그들은 마족들에게 세상을 들어 그대로 바치라는

자들이다.

상두는 코르테스에게 기본적인 이야기들을 전해 듣고 배정된 숙소로 향했다.

숙소는 꽤나 잘 꾸며져 있었다.

덕분에 편하게 쉴 수 있을 것 같았다. 그는 침대에 몸을 던지듯 누웠다.

"아… 심심해……."

이곳은 심심했다.

저쪽 세상에서 있엇던 컴퓨터도 스마트폰도 없다.

그쪽에 있을 때에는 고향 생각에 향수병도 걸렸는데, 다시 돌아오니 저쪽 세상이 그리운 아이러니.

하지만 여러 가지 일이 있었다. 덕분에 피곤했다.

심심하고 자시고 할 것 없이 잠이 쏟아졌다.

CHAPTER **06**
대마신전선

상두는 숙소에서 옷을 갈아입고 있었다.

　이것은 코르테스가 전해준 연회복이었다. 그는 옷을 입는 내내 인상을 찌푸렸다.

　"꼭 이런 옷을 입어야 하나?"

　저쪽 세계의 정장과 함께 이 연회복은 상두가 가장 싫어하는 옷 중의 하나다.

　굉장히 불편했기 때문이다. 그쪽 세계나 이곳이나 정장은 불편하기는 마찬가지였다.

　그래도 일단 격식이 있는 자리이니 참고 입어야 했다.

거울에 비친 자신의 모습을 바라보았다.

"흠……. 어울리기는 하네."

상두는 자화자찬했지만 그래도 확실히 멋졌다.

피팅 모델까지 했던 몸이니 당연하다.

그는 옷매무새를 다듬었다. 마지막까지 옷의 피트를 확인하고 밖으로 나갔다.

"여기에요."

밖에는 아르페지오가 지붕이 없는 마차에 앉아 대기하고 있었다.

그녀 역시 연회복으로 입고 있었다. 그것에 맞게 메이크업과 머리도 했다.

움직이기 편한 옷을 입고 있을 때에는 왈가닥 여자로 보였지만 이렇게 차려 입고 있으니 꽤나 아름다운 축에 속했다.

"당신도 그렇게 옷을 입으니 귀족 여자 같군."

상두의 말에 아르페지오는 입을 삐죽였다.

"어서 타기나 해요."

그는 그녀를 향해 히죽 웃어 보이고는 마차에 올라탔다.

"흠……."

이동 간에 보이는 마차 밖의 풍경은 풍요롭기 그지없었다.

상두가 있을 때에도 이곳 카르카손은 카이데아스의 영향력에 들어 있지 않은 곳이었다.

덕분에 풍요를 간직할 수가 있었던 것이다.

하지만 전시이다.

이곳에서 조금만 벗어나도 백성들은 떼거리도 없어 굶는 경우가 많다고 한다.

아직도 많은 백성들이 힘들어 하고 있는데 귀족이라고 이렇게 풍요롭게 지낼 필요가 있나 싶은 상두였다.

마차가 도착한 곳은 굉장히 화려하게 꾸며진 건물이었다.

모두가 최고급 건축 자재로 이루어졌고 꾸미고 있는 석상들도 화려했다.

"여기예요."

상두는 먼저 마차에서 훌쩍 뛰어내렸다. 그리고는 손을 뻗어 아르페지오를 에스코트 했다.

"당신도 이렇게 매너를 지킬 때가 있나요?"

"나도 때와 장소는 가릴 줄 아는 남자야."

"그럼 가볼까요?"

아르페지오는 상두에게 팔짱을 꼈다.

남녀가 연회장으로 들어설 때 팔짱을 끼는 것은 이곳의 예법이다.

하지만 그녀는 예법을 지키는 것뿐인데도 얼굴이 붉어져 있었다.

그들이 안으로 들어서자 출입구에 서 있던 자가 크게 외쳤다.

"피스트 마스터 카논과 키이난의 수석기사 아르페지오입니다!"

그들의 들어서자 이미 연회를 펼치고 있던 자들이 춤을 멈추고 두 사람을 바라보았다.

이 연회의 주인공은 사실 상두.

당연히 환호했다. 하지만 그것은 가식에 또 가식을 입힌 것에 불과했다.

이윽고 주인공인 상두를 신경 쓰지 않고 남녀가 부드러운 선율의 음악에 손을 잡고 춤을 추고 있었다.

"이런 요리들을 어디서 공수해온 거야."

상두는 혀를 끌끌 찼다.

연회 요리는 모두 최고급들이었다. 이것 역시 민중들을 쥐어짜 만들어진 것일 게다.

상두는 거부감이 미친 듯이 몰려왔다.

"노블레스 오블리주도 모르는 건가."

저쪽 세계에는 노블레스 오블리주라는 말이 있다.

귀족의 의무 뭐 그런 뜻이다.

영국과 프랑스의 중세 시대의 전쟁 때 영국군을 괴롭히던 프랑스의 한 지역이 있었다.

그 지역을 영국은 기어코 점령했다.

오랫동안 괴롭히던 그 지역의 백성들이 괘씸했던 영국은 여섯 명이 자진해서 나아와 죽는다면 성의 모든 사람들을 살려 주겠노라 공표했다.

아마도 영국군이 노린 것은 모두 자기가 살겠다고 혼란스러워져 공항상태에 빠지는 것일 게다.

하지만 명은 자진해서 영국군 앞에 나아왔을 때 영국군은 놀라고 말았다.

목숨을 걸고 나온 이들은 모두 사회 지도층 이른바, 귀족이라고 할 수 있는 자들이었다.

그것이 바로 귀족의 의무.

노블레스 오블리주의 기원이었다.

"지금 이곳에 있는 이들이 그렇게 할 수 있을까?"

상두는 피식 웃음을 보였다. 이렇게 호화로운 생활을 하는 이들이라면 절대 그렇게 할 수 없을 것이다.

'저 웃음도 마음에 들지 않아…….'

춤을 추다 귀족들이 상두에게 스칠 때마다 웃고 있었다.

하지만 입은 웃고 있지만, 눈은 웃고 있지 않는 진실이 없는 모습.

마치 가면을 쓰고 있는 모습이라 진절머리가 나는 상두였다.

하지만 지금 그 역시 진실이 없는 가면을 쓰고 웃고 있기는 마찬가지였다.

그는 씁쓸한 웃음을 보일 수밖에 없었다.

연회를 즐겼다.

구역질이 나는 상두였지만 그래도 제대로 즐기고 있었다.

함께 춤을 추는 아르페지오는 멋지게 춤을 추고 있는 상두를 물끄러미 바라보았다.

차분히 올려다보는 상두를 그녀도 내려다보았다.

눈이 마주치자 아르페지오는 눈길을 피하며 얼굴이 붉어졌다.

"그렇게 쳐다보지 말아요."

그녀의 말에 상두는 히죽 웃음을 보였다.

상두가 춤이 치쳐서 쉬고 있는 도중에 많은 귀족들이 다가와 이야기를 건넸다.

통상적인 이야기이지만 그 안에는 뼈가 있다는 것을 상두는 느끼고 있었다.

갑자기 연회장이 웅성였다.

"무슨 일이야."

상두는 긴장했다.

마족이 빠른 속도로 치고 올라오고 있다는 이야기는 이미 잘 알려진 사실.

'설마 이곳까지 치고 온 것인가.'

상두는 불안감이 엄습했다.

하지만 언제나 나쁜 생각은 슬프게도 너무 잘 맞아 떨어진다.

"마족의 공격입니다! 이곳 성곽 부근까지 들이닥쳤습니다!"

전령의 외침!

상두의 예상대로 마족이 이곳의 턱밑까지 들이닥친 것이다.

하지만 모두들 아무런 동요가 없었다.

'뭐지, 이 여유로움은?'

상두는 이해할 수가 없었다. 성곽까지 들이닥치면 진정으로 일촉즉발의 상황이다.

하지만 그들은 연회를 즐길 뿐이었다.

상두를 시험하겠다는 이유는 그저 거짓일 뿐이다. 그저 연회를 벌이기 위한 수단일 뿐이었다.

마족은 군대가 다 물리쳐 주겠지 하는 안일한 생각을 하고 있었다.

상두는 상식적으로 납득이 되지 않았다. 도대체 어떤 사고방식을 가지면 이럴 수가 있을까?

"빌어먹을 놈들."

상두는 넥타이를 풀어 바닥에 던졌다.

넥타이를 풀어 던진 것이지만 그는 사실 그의 얼굴에 가려진 가식의 가면을 벗어 던진 것이다.

"빌어먹을 놈들!!"

그리고 크게 외쳤다.

모든 귀족들이 상두를 바라보았다.

욕지거리를 들었기에 기분이 상한 것이다. 하지만 항의는 할 수가 없었다.

이곳에서 지금 상두보다 더 높은 지위를 가진 자들은 없기 때문이다.

지위가 높다 하더라도 그는 대륙의 영웅이다.

모습이 달라졌다고 해도 그는 대륙의 영웅인 것이다.

"적이 코앞까지 다가왔다는데 무엇하는 짓인가!"

그의 호통에 모두들 기분이 나쁜 듯 인상이 달라졌다.

그들의 얼굴을 감싸고 있던 가식의 가면이 깨져 버린 것이다.

그는 연회복을 벗어던졌다.

그 안에는 움직이기 편한 옷이 있었다.

역시나 그는 언제 있을지 모르는 마족의 침공에 대비하고 있었던 것이다.

"정신차려, 이 병신들아!!"

그는 그렇게 험한 말을 하고 밖으로 나왔다.

귀족들은 갑자기 벌어진 상황에 황당하다는 듯 헛웃음을 보였다.

아르페지오는 머뭇거리다 그의 뒤를 따랐다.

밖으로 나온 상두는 홀가분한 기분이었다.

어차피 저런 연회는 그에게 어울리지 않는다 생각했다.

"연회를 망치면 어떻게 하자는 거예요."

뒤따라 나온 아르페지오는 핀잔을 보였다. 그녀의 말에 상두는 히죽 웃고 그녀에게 받아쳤다.

"당신도 그곳에 있고 싶지 않았잖아?"

그의 말에 그녀는 멋쩍게 웃으며 대답했다.

"핵심을 집어내는 데 도가 텄군요."

그녀는 거리에서 연회복을 벗어던졌다.

그녀 역시 연회복 안에 움직이기 편한 옷을 입고 있었다. 어떻게 숨겼는지 그녀의 레이피어도 보였다.

"가볼까?"

상두의 말에 그녀는 고개를 끄덕였다.

그들은 빠르게 내달려 성벽으로 향했다.

성벽에는 역시 지휘관답게 이미 코르테스가 나와 있었다.

그는 심각한 표정으로 성 밖을 바라보고 있었다.

"왔는가."

코르테스는 상두를 보며 인사했다. 상두는 그의 인사를 대충 받고는 성 밖을 바라보았다.

"아니……."

수만의 마족의 군세가 진을 치고 있었다.

그들의 진영으로부터 스멀스멀 검은 기운이 피어오르고 있는 것이 이미 그 진의 아래에는 마족이 살기 좋은 환경으로 개조되어 버린 것 같았다.

"이런데도 이곳에서는 연회를 펼치나요?"

상두는 이죽거렸다. 코르테스는 민망한 듯 헛웃음을 보였다.

딱히 변명할 거리도 없었고 변명하고 싶지도 않았다.

"사령관님!"

코르테스의 부관이 다가와 외쳤다. 코르테스는 그가 가리킨 곳을 바라보았다.

말 한 마리가 마족이 아닌 사람을 태우고 달려오고 있었다.

그는 바로 변절한 인간.

대화가 통하는 인간을 전령으로 보낸 것이다.

그는 성벽 근처까지 다가왔다. 이제야 그의 얼굴을 확인할 수 있었다.

"저자는… 파르온 국의 국왕 고르곤!"

코르테스의 말에 상두는 인상을 찌푸렸다.

일국의 왕이라는 자가 비겁하게 적에게 항복하고 그들을

위해 일한단 말인가!

"나는 관대한 신 카이데아스의 전령 고르곤이다! 카이데아스의 전갈을 받들라!"

그의 외침.

모두들 침묵했다.

"전령은 무슨 전령이냐! 배신자지!!"

상두가 그를 향해 외쳤다. 그러자 고르곤은 인상을 찌푸렸다.

"네놈은 누구냐!"

고르곤의 물음에 상두는 당당히 외쳤다.

"나는 카논이다!"

카논이라는 이름이 울리자 그는 움찔했다. 멀리서 봐서 그리 잘 보이지는 않았지만 상두의 모습은 그가 알고 있던 카논의 모습과는 달랐다.

카논은 은발의 키가 큰 30대 중반의 남자가 아닌가.

"거짓말하지 마라!"

고르곤의 말에 상두는 히죽 웃음을 보였다.

"내가 한번 휩쓸어 볼까?"

상두의 눈이 번뜩였다. 그의 눈빛에는 살기와 함께 범접할 수 없는 기운이 감돌았다.

그것은 위압감.

대지를 내리누를 듯한 거대한 위압감에 고르곤은 온몸을 부들부들 떨었다.

하지만 이 상황에서 그는 주눅이 들 수 없었다.

마족에서 꽤나 높은 위치를 차지했다.

더 높은 위치에 오르려면 이런 위압감쯤은 견뎌내야 한다.

"어쨌든 전령의 소임을 다하겠다!"

그의 외침과 함께 위압감을 몰아냈다.

상두는 다시금 대꾸하려고 했지만 그런 상두를 코르테스가 막아섰다.

"일단 저들의 조건부터 들어보지."

"조건은 무슨 조건. 마족들은 타협 따위는 없습니다. 그리고 타협해서 살아남으면 뭐합니까? 마족의 노예가 되서 우리는 대대로 비굴하게 살아야 합니다."

상두의 말에 그는 고개를 끄덕였다. 그 역시도 상두처럼 생각하고 있었다.

"하지만 말이야. 저들의 조건을 듣고 이용하면 시간을 벌 수가 있어. 시간을 벌게 되면 모자란 무기도 충당할 수 있고, 다른 지역에서 군사들도 끌어올 수가 있지. 우리에게는 시간이 충분하지 않아."

"내가 나서면 됩니다."

상두는 당당히 말했다. 언제나 독단적으로 나아가 모두를 쓰러트린 카논이었던 상두.

하지만 코르테스는 그를 내보내고 싶지 않았다.

"자네 힘이 옛날 같지 않다는 것을 알고 있네."

코르테스의 말에 상두는 눈살을 찌푸렸다. 코르테스는 그의 힘이 약화된 것을 이미 알고 있었던 것이다.

"벌써 알고 있었습니까."

상두의 물음에 그는 고개를 끄덕였다.

"나도 무능했던 시절이 있다고는 하지만 오랫동안 전투에서 몸담은 지휘관이네. 기사나 병사들의 힘쯤은 가능할 수 있지."

"그렇게 느껴질 정도로 제 힘이 약해진 거군요."

"애석하지만 그렇다네."

그의 냉정한 평가에 상두는 한숨을 내쉬었다.

"걱정은 하지 말게. 그것을 알고 있는 사람은 나와 아르페지오뿐이니까."

"하지만 지금 저들을 막아낼 수 있는 힘은 충분합니다."

"너무 무리하지 마. 자네는 카이데아스의 봉인을 아는 유일한 히든카드야. 그런 카드를 지금 써버리면 너무 아깝잖나."

일단 상두는 코르테스의 말을 듣기로 했다.

시간을 벌자는 그의 말에도 일리가 있었기 때문이다.

그의 말대로 그는 카이데아스의 봉인을 아는 유일한 자이다.

그가 죽는다면 이 세계는 그대로 끝장일 것이다.

"카이데아스라는 놈의 요구를 말하라!"

상두를 진정시킨 코르테스의 외침에 고르곤은 화가 난 듯 크게 받아쳤다.

"이봐! 카이데아스님께 불경한 소리를 하지 마라!"

"시끄럽다! 배반자인 네놈에게 그런 소리를 듣고 싶지 않아!"

코르테스가 다시 되받아치자 고르곤은 속이 부글부글 끓었지만 감내하고 그들의 요구를 말하기 시작했다.

"항복하라! 그것만이 너희가 살 길이다. 항복의 조건으로 우리가 분풀이로 죽일 수 있는 너희 중 군사가 아닌 삼인을 우리의 진영으로 보내라! 그렇게 한다면 항복 이후에 카르카손을 파괴하지 않겠다!"

역시나 억지주장.

코르테스의 오른쪽 눈가가 파르르 떨려온다.

그 역시 이제 더 이상 참기 힘든 굴욕인 것이었다. 하지만 그는 감내하고 다시 물었다.

"그래 기한은 언제까지인가!"

그의 외침에 고르곤은 회심의 미소를 보였다. 이들도 이제 겁을 집어 먹었다고 생각하는 것이었다.

"기한은 일주일이다! 일주일 이후에도 삼인인을 내어놓지 않는다면 결사항쟁으로 간주하고 공격을 가하겠다!"

고르곤은 그렇게 자기의 할 말만 하고 말을 타고 내달렸다.

"저 자식!"

상두는 더 이상 참을 수 없다는 듯 수비병의 창을 뺏어 들었다.

이대로 던지면 그는 그대로 쓰러질 것이다. 하지만 코르테스가 그를 팔을 잡고 고개를 절레 흔들었다.

상두의 팔을 잡고 있는 그의 손은 파르르 떨려 왔고, 그는 떨림을 참기 위해 이를 꽉 깨물고 있었다.

그는 마족의 압제를 상두보다 더 많이 겪었던 사람이다. 그라고 저 고르곤을 죽이고 싶지 않겠는가.

하지만 일주일이라는 시간을 벌었다. 그 기간 내에 어떻게든 저들을 이겨낼 수 있는 방법을 생각해 내야 했다.

그것이 바로 지휘관의 할 일이었다.

"항복할 겁니까?"

상두의 물음에 그는 고개를 가로저었다.

"그럴 리가. 내가 말했잖나…… 시간벌이일세. 지금까지 저들이 남겨둔 성은 없어. 그 많은 성들을 함락시킬 때 항복 권고를 안 한 성이 있겠는가? 남겨진 성이 없는 것을 보아서 항복 이후에 분명히 쓸어버렸겠지."

코르테스는 씁쓸한 웃음을 보이고 성곽 아래로 내려갔다. 상두 역시 창을 내려놓고 그의 뒤를 따랐다.

"노블레스 오블리주……."

지금의 상황은 노블레스 오블리주의 기원이 되었던 그 사건과 비슷하게 흘러갔다.

하지만 결과는 어떻게 될는지 몰랐다.

상두는 이곳의 귀족을 생각하니 그저 가슴이 답답해져왔다.

항복권고의 이야기는 삽시간에 성내로 모두 퍼졌다.

백성들은 본인의 일을 모두 내려놓고 혼란에 빠졌다.

성안의 치안이 혼란해졌고, 군사로 사용해야 하는 병사들을 공권력에 투입해야 할 지경이었다.

이제야 귀족들은 혼비백산이었다.

코앞에 올 때까지 연회를 즐기던 이들이 이제야 정신이 번쩍 든 것이다.

그중에는 이미 이 카르카손을 빠져나간 귀족들도 있었다. 남아 있는 귀족들은 카르카손의 관저로 모여들었다.

이 난국을 어떻게든 타계해야 했다.

이 상황에서 역시나 믿을 수 있는 것은 군대밖에 없었다.

카르카손의 지휘관실.

원탁에 명망 높은 귀족들이 모여 있었다. 그들의 얼굴에는 심각함이 감돌았다.

이제야 발등에 불이 떨어졌다 이것이다.

원탁에 앉지 않고 근처 벽에 기대고 회의를 바라보고 있는 상두는 혀를 끌끌 찼다.

'연회를 할 시간에 그리고 그 돈으로 방비를 더 철저히 했다면 됐을 거 아니야. 돼지 같은 놈들.'

사실 이 생각은 입 밖으로 나올 것 같았지만 그는 꾹꾹 참아냈다.

"어떻게 하실 작정이요."

귀족들 중 가장 원로인 판테온이 물었다. 코르테스는 판테온의 말에 고개를 절레 흔들 뿐이었다.

"아직 생각 중입니다."

"지휘관이 아직 생각중이라니……. 우리에게는 일주일이라는 시간밖에 없습니다."

판테온의 말에 귀족들은 웅성거렸다. 그들 역시 대책은 없는 것은 마찬가지.

"연회나 벌리던 물질로 각 진지에 물자를 보냈다면 이렇게 비협조적으로 나오지는 않겠죠. 이미 연락이 끊어진 진지들도 부지기수입니다. 이것은 누구의 책임입니까. 군대의 물자까지도 월권으로 빼앗아간 사람들이 누구입니까!"

귀족들은 더 이상 말을 할 수가 없었다. 지금의 상황은 어쩌면 그들이 자초한 일일지도 모른다.

판테온은 힘겹게 입을 열었다.

"그렇다면……."

그는 침을 꿀꺽 삼킨다. 정말로 내뱉기 힘든 그런 말인 것 같았다.

코르테스는 그가 무슨 말을 하려는지 잘 알고 있었다.

"항복은 안 됩니다."

코르테스의 핵심을 꼬집는 말에 판테온의 눈동자가 흔들었다.

"하지만 항복도 한 방법이라고 보오."

"이봐요! 지금 귀족들의 장로라고 하는 자가 할 말입니까, 그게!"

상두는 대노했다. 이런 작자들이 있으니 이 세계가 이렇게 파국으로 치달은 것이 아닌가!

"이 회의에 참석할 자격이 없는 자는 입을 닫으시오!"

판테온은 근엄하게 외쳤다. 상두는 받아치려 했지만 코르테스가 손을 들어 제지했다.

"항복을 하면 이 성의 주민 중 삼인을 뽑아서 보내야 하오. 이 성에서 누가 나서려 하겠습니까."

"그렇다면 백성들 중에 몇 명을 뽑으면 될 것 아니오."

상두는 기가 막혔다. 귀족들은 희생할 수 없다는 말이 되지 않는가.

역시나 이들에게 노블레스 오블리주에 대한 기대는 접어야 했다.

"그들은 사람이 아닙니까?"

코르테스가 심각한 어조로 물었다. 하지만 대답은 어처구니가 없었다.

"혈통이 다르오."

"혈통이 다르면 죽고 싶은 마음이 든답니까? 그들도 목숨이 두려운 인간입니다. 바꿔 말해서 당신들 중에는 삼인 중에 포함될 사람들은 있습니까?"

귀족들은 끙 하는 신음을 내뱉었다. 그들은 절대 목숨을 내걸고 싶지 않은 것이다. 목숨은 하나뿐이니 어쩌면 당연했다.

"귀족의 목숨은 고귀하오."

판테온이 변명한다는 것은 다시 혈통발언이었다.

귀족인 코르테스도 이제는 참는 데에 한계가 다다른 것 같았다.

"목숨의 귀중이 어디에 있습니까. 백성들의 목숨은 어디 두세 개랍니까!"

코르테스의 나지막한 어조에 모두들 숙연해졌다.

인간의 목숨은 하나.

귀족이나 백성이나 목숨은 같다.

어떤 목숨값이 더 귀하다라는 법은 없었다. 죽음 앞에서는 귀천이 없기 때문이다.

"그리고 항복은 없습니다. 항복을 해봤자 이곳 카르카손은 잿더미가 될 뿐입니다. 결국 잿더미가 될 바에는 싸우고 나서 잿더미가 되는 것이 낫습니다. 돌아들 가세요."

코르테스는 그들을 보고 싶은 생각이 없었다.

너무도 답답한 사람들.

그들은 자리에서 일어나 지휘관실을 빠져나갔다.

그들의 모습이 사라지자 코르테스는 골머리가 아픈 듯 머리를 매만졌다.

"어떻게 할 겁니까?"

상두의 물음에 그는 고개를 절레 흔들었다.

"사실 답이 없네. 일주일 내에 원군을 보내줄 수 있는 거점이 있기는 하네만 그들이 보내줄 수 있는 군사의 숫자는 어림잡아서 일만이 되지 않아. 수억이나 되는 인구였지만 최종방어선 아래의 인구는 이제 확인된 것만 3천만 명. 그중에 군사들은 30만도 안되네. 방어선 위쪽의 인구들만 구해낼 수 있었다면 이렇게 허약한 군세가 되지는 않았겠지. 게다가 그 일만 중에서 몇 할이나 지원이 될지 미지수이네. 물자를 공급한지 한참이나 지났기 때문에 말이야."

상두는 한숨을 내쉬었다. 정말로 꿈도 희망도 없는 그런 상황이 바로 지금이었다.

"이곳에는 아르페지오 정도 되는 실력자가 없는 겁니까?"

"두 명이 있지. 카이데아스는 처음에 부활했을 때 대륙 전체에 강력한 인재들을 먼저 모두 암살했어. 덕분에 이렇게 크게 밀리게 된 거지. 적이지만 참으로 주도면밀하단 말이야."

그래도 두 명이 있다는 말에 상두는 눈빛이 번뜩였다.

"저에게 방법이 있습니다."

방법이라는 말에 코르테스는 눈빛을 번뜩였다.

그는 대규모 작전을 구성하지 못하지만 소규모 게릴라 작전은 기가 막히게 생각해낸다.

덕분에 수적으로 밀리던 때에 꽤나 많은 전공을 올릴 수 있었다.

그렇게 전공을 하나씩 쌓아가 지금의 자리에 오른 것이 아닌가.

"방법이라는 것이 뭔가?"

"먼저 그 남아 있다는 이 인을 만나고 싶습니다."

"그래? 내가 연락을 해놓지. 그런데 그 방법이라는 게 뭔가?"

코르테스는 재차 물었지만 상두는 고개를 흔들 뿐이었다.

"그 두 사람이 오면 말씀해 드리겠습니다."

상두의 말에 무척이나 궁금했지만 그는 일단 두 사람이 올 때까지 기다릴 수밖에 없었다.

계속해서 상두에게 묻는다면 놀리기만 할 뿐일 것이다.

*   *   *

음산하고 기괴한 음성이 울리는 마계의 진영.

불빛이 거의 없는 것은 아니었지만 음산한 보랏빛이라 기괴함은 더욱더 상승했다.

기괴한 그 음성은 마족의 진영 중심에서 흘러나오고 있었다.

마족의 영매가 기괴한 춤을 추며 기괴한 음성을 내뱉고 있는 것이 바로 그 시발점인 것이다.

─위험이 온다. 위험이 온다.

그녀가 전하는 말은 그것뿐이었다. 하지만 그 위험이 무엇인지 마족들은 알지 못한다. 그저 방비만 제대로 할 뿐.

늘 이렇게 방비를 제대로 하다 보니 인간들의 공격을 쉽게 물리칠 수 있었던 것이다.

그들의 경계를 늦추는 법이 절대 없었던 것이다.

─포로… 왔다! 포로… 왔다!

마족 병사의 어눌한 말과 함께 후드를 깊게 눌러쓴 모두 세 인물들이 나타났다. 그들은 고개를 푹 숙이고 있었다.

이제는 죽은 목숨.

항복의 증표로 보내온 자들이었다.

그들이 오자 마족의 진영이 웅성거렸다.

정말로 항복을 하고 만 것이다. 그들은 인간들을 생각하며 비웃기 시작했다.

그 비웃는 소리 역시 굉장히 기괴하고 소름끼쳤다.

항복의 증표가 도착했다는 소식이 전해지자 마족의 사령관과 변절자 고르곤이 함께 나아왔다.

"너희들이 항복의 증표들이냐?"

고르곤의 물음에 그들은 고개를 끄덕였다. 그 대화를 사령관에게 알리는 고르곤.

사령관은 흐뭇한 표정과 함께 알 수 없는 손짓을 했다. 그러자 마족의 병사들이 세 사람을 모두 포박해 어디론가 끌고 갔다.

밤이 깊어왔다.

마족은 잠들지 않는다. 체질상 잠들이 않아도 생활이 가능한 것이다.

하지만 그들도 잠이 드는 것처럼 휴식을 가지는 시간이 있다. 바로 하루 다섯 번 30분가량 하는 기도 시간이다.

너무도 깊게 기도하여 트랜스 상태에 빠지기 때문에 주변에서 어떠한 상황이 벌어져도 모른다.

지금이 바로 그 기도 시간이다.

기괴한 음성이 여기저기서 울린다. 트랜스 상태에서의 마족들의 기도 소리였다.

어두운 밤 칠흑같이 어두운 밤에 그들의 기도 소리는 공포를 몰고 오기 충분했다.

인간은 이 기괴한 의식에 공포를 집어먹기 일쑤였다.

그때에 빠르디빠른 인영의 움직임이 느껴진다.

굉장히 기민했고 발자국 소리조차 들리지 않는다.

후드를 뒤집어쓴 그 인영이 나아간 곳은 마족의 진영 중에 유일한 인간의 장막이었다.

그것은 바로 변절자 고르곤의 막사였던 것이다.

그 앞에 도착한 인영은 안으로 들어섰다.

"누구냐."

당황한 고르곤이 나지막하게 읊조렸다.

그는 경보를 울리기 위해 무언가를 들었다.

그때 날카로운 레이피어가 목으로 겨눠졌다.

레이피어에는 날아오르는 와이번의 문양이 새겨져 있었다.

"그거 내려놓지그래?"

인영의 나지막한 곱고 얇은 읊조림에 고르곤은 마력 경보기를 내려놓을 수밖에 없었다.

"누구냐, 네년은."

인영은 후드를 벗었다.

정체가 드러난 그녀는 바로 아르페지오였다.

"희생제물 삼인 중 하나가 바로 자네였나? 카이난의 수석기사 아르페지오."

"나를 잘 알고 있군요."

"그래 많은 무공을 세운 자니까."

아르페지오는 사실상 카논 이후에 가장 유명한 용사 중에 하나였다.

"그렇다면 내가 사람을 죽이는 데에 아무런 거리낌이 없다는 것도 알고 있겠군요."

그녀의 말에 고르곤은 웃음을 보이며 말했다.

"알지. 얼음의 프린세스 아르페지오."

"그 별명 마음에 들지 않아요."

"그래서 내 목을 베겠는가? 하지만 지금 상황에서 나를 죽인다고 해도 자네들 진영에 도움이 되지는 않을 것 같은데? 쓸데없는 데 힘 빼지 말라고."

그의 말이 맞았다. 그는 논리적으로 말을 잘 하는 자로 소문이 나 있었다.

"당신의 말이 맞습니다."

그녀는 레이피어를 거두었다. 칼을 들이대고는 부드러운 대화가 가능하지 않을 것이다.

"하지만 경보기를 깨뜨리면 그날로 당신의 심장에 구멍이 뚫릴 겁니다."

그래도 일말의 공포는 심어주기 위해 아르페지오의 눈빛이 번뜩였다.

"나도 그만한 눈치는 있네. 그 눈치로 한번 물어보지. 이곳에는 왜 온 건가? 희생의 제물로 죽으러 온 것은 아닐 테고."

"잘 아시네요."

아르페지오는 의자를 꺼내 앉았다.

"우리가 이곳에 온 목적은 사령관을 죽이려는 것입니다. 그렇게 되면 이 진영은 무너지겠죠. 우두머리가 사라지면 급격히 와해되는 것이 마족이니."

"그러니까 자네들을 도와달라는 말을 하고 있는 것인가. 또다시 배신하라는 것인가?"

"아니, 아닙니다. 다시 인간의 품으로 돌아오라는 겁니다."

"생각해보니 그런 거로군."

고르곤은 피식 웃었다. 아르페지오는 그의 그 웃음이 징그럽게 여겨졌다.

"그렇다면 내가 해야 하는 것은 무엇인가?"

"우리를 가두고 있는 감옥의 문을 열어주십시오."

"그리고 마족의 사령관에게 안내하라는 말이 되겠군. 잘난 카이난의 기사께서 감옥 문도 못 연단 말인가?"

"열 수야 있죠. 하지만 당신이 다시금 속죄할 수 있는 방법을 제시해주는 겁니다. 감옥 문을 여는 것으로 당신이 우리에게 다시 돌아오겠다는 것으로 받아들이죠."

"내가 필요한 모양이군."

아르페지오의 얼굴이 잔뜩 굳었다. 그는 이미 사령부의 의중을 파악한 것이었다.

"솔직히 말하죠. 우리는 당신의 능력이 필요합니다. 지금 인간 중에 당신보다 마족에 대해서 잘 알고 있는 자는 없습니다. 우리 지휘부는 당연히 당신의 그 정보가 탐이 납니다."

"정보를 위해 배신자도 필요하다는 것이로군. 크크큭."

그녀의 말에 고르곤은 또다시 징그럽게 웃음을 보였다. 그 웃음을 보기 싫은 아르페지오는 자리에서 일어났다.

"감옥 문을 여는 것은 다음 기도 시간입니다. 그때까지 열지 않으면 우리가 알아서 감옥을 부수고 실력행사를 하겠습니다."

모든 것을 다 전한 그녀는 그렇게 막사의 장막을 걷었다.

"자네는 나를 믿나?"

문득 묻는 고르곤의 물음에 그녀는 그를 돌아보았다.

"인간이라면 말이죠."

그녀의 말에 고르곤의 눈가가 파르르 떨려왔다.

웃음으로 그것을 가리고 있어서 아르페지오는 발견하지 못했다.

밖으로 나온 아르페지오는 빠르게 감옥으로 내달렸다.

"왔나?"

감옥 안의 나머지 2인 중에 하나가 후드를 벗었다. 그것은 바로 상두였다.

"후우……. 곧 기도가 끝나겠군요."

그녀는 서둘러 감옥의 그 얇은 틈새로 들어갔다. 마치 고양이처럼 유연하게 안으로 들어설 수 있었다.

"놀랍군. 여자라서 그런 건가?"

상두의 물음에 그녀는 흥 하고 콧방귀를 뀔 뿐이었다.

"이야기는 잘하고 왔습니까."

후드를 벗는 나머지 일인.

그의 이름은 알페. 카이난 기사단과 쌍벽을 이루었던 포트만 기사단의 수석기사였다.

"잘은 모르겠어요. 발고만 하지 않으면 좋으련만."

"그가 발고를 하든 하지 않든 간에 상관은 없잖아. 어차피 카르카손의 군대가 기습을 하면 그때가 우리가 나설 때니까."

상두가 마련한 작전이라는 것은 바로 실력자를 삼인으로 꾸미고 적진으로 진입하는 것이었다. 그리고 기습을 통해 적장의 수급을 마련하는 것이 이 작전의 골자였다.

"그런데 꼭 고르곤에게 알려야 했나? 코르테스 그분의 의중은 잘 알 수가 없단 말이지."

"고르곤은 필요하니까요."

상두는 알 수 없다는 듯 고개를 절레 흔들었다.

한참의 무료한 시간이 지나갔다.

지루해진 아르페지오는 이미 잠들었고, 알페의 눈도 거물거물 감긴다. 아무것도 안하고 가만히 있는다는 것은 견디기 힘든 고문일지도 모른다. 이런 와중에 상두만이 정신을 차리고 전방을 주시하고 있었다.

또다시 기도 시간이었다.

공포를 조성할 만한 기괴한 소리들이 사방을 울린다.

"이 소리 지긋지긋하네!"

아르페지오가 그 소리에 놀라 눈을 떴다.

하지만 이제 일어나야 하긴 했다. 고르곤과 약속한 시간이기 때문이다.

헌데 한참을 기다려도 고르곤의 모습이 보이지 않았다.

기도의 시간이 한참을 이어져도 고르곤의 그림자조차도 볼 수가 없었다.

아무래도 그는 다시 인간의 편이 서고 싶지 않은 것 같았다.

이 기도의 시간이 끝이 나고 나면 카르카손의 군대가 습격을 할 것이고 그때에 작전을 시작하면 되는 것이다.

그의 도움이 없어도 실행할 수 있는 작전이다.

"정말로 안 올 모양이네요."

아르페지오는 약간 실망한 듯 읊조렸다. 사실 인간의 입장에서는 그의 도움이 절실하게 필요하다.

적을 알아야만 이겨낼 수 있다. 하지만 그런 기회는 쉽게 오지 않는다.

하지만 이윽고 감옥 문이 철컥하고 열렸다.

"당신은?"

후드를 쓰고 있는 한 사람.

"나다, 고르곤."

그는 후드를 벗었다. 결연한 표정의 고르곤의 모습이 드러났다.

기대도 하지 않았는데 그는 감옥 문을 연 것이다.

"어째서 우리를 도와주지? 인간에게는 승산이 없는데."

상두는 그에게 물었다.

"살기 위해서 인간이기를 포기했었지. 하지만 저 아가씨의 말을 듣고 깨달았다, 나도 인간이라는 것을."

고르곤의 말에 상두는 고개를 끄덕였다.

"인간의 시험에 통과하셨군요. 지금은 사령관을 쓰러뜨리지 않을 겁니다. 곧 있으면 카르카손의 군대가 습격할 겁니다. 그때가 사령관의 목을 칠 때입니다. 고르곤 전하."

전하라는 말에 그는 잠시 움찔했다.

"그래…… 난 국왕이었지, 국왕……."

그때 그의 뒤로 철컹철컹 소리가 난다. 이것은 마족의 군대의 군화발 소리!

"당신……! 배신한 겁니까!"

상두의 외침에 고르곤은 당황했다.

"아니야! 절대로 아니라고!!"

그는 정말로 억울한 눈빛이었다.

"도대체……."

상두는 난감한 듯 인상을 찌푸렸다.

"고르곤… 배신… 알고 있었다."

어눌한 인간의 말.

그것은 마족의 사령관의 말이었다.

그는 이미 고르곤이 다시 배신할 것을 알고 있었던 것이다. 한 번 배신한 자는 또다시 배신한다는 것은 마족들도 잘 알고 있는 사실이었다.

"너의 배신 알고… 늘 감시. 그래서 알 수 있었다."

이미 감시자를 붙이고 있었던 것이다.

ㅡ모두 묶어라! 일정보다 앞당겨 처형을 진행한다!

그의 명령에 마족의 병사들은 모두들 묶었다. 그리고는 형장으로 끌고 갔다.

'조금만 더 기다리자…….'

상두는 연행되면서도 그렇게 읊조렸다. 지금 사령관을 공격한다면 마족들의 저항이 심할 것이다.

실패로 돌아갈 것이 분명하다. 카르카손의 군대의 습격을 기다려야 한다.

CHAPTER **07**
첫 승리

상두와 나머지 2인은 형장으로 끌려가고 있었다.

마족은 머리가 나쁘다고 생각했지만 역시 지휘관급의 이들은 꽤 머리를 쓸 줄 알았던 것이다. 마족에 대해서 너무 만만하게 생각한 이들의 실책이었다.

형장은 단상 위에 사람을 묶을 수 있는 간단한 형틀만 놓여 있는 구조였다.

이들이 받을 형벌은 저쪽 세상에서 중국의 능지처참과 같은 형식이었다.

살아 있는 사람을 수천 수백의 조각으로 조금씩 천천히 잘라 내는 형벌.

그 형벌의 두려움을 이미 알고 있는 고르곤은 온몸이 부들 부들 떨렸다.

떨고 싶지 않아도 그 공포가 깊이 각인되어 있었기 때문이 다.

일전에 마족의 규율을 어긴 병사가 팔백조각까지 살조각 이 잘려 나간 형장을 그는 지켜봐야 했다.

그것은 지휘관의 명령이었다. 배신자의 말로가 이렇게 된 다는 것을 그에게 알려준 것이다.

그 마족은 팔백조각으로 난도질당한 다음에야 숨을 거두 었다.

그렇게 살 조각을 자른 기간은 일주일도 넘었다.

마족의 생명력과 인간의 생명력을 비교해 볼 때 인간은 대 략 이삼 일 동안은 견딜 수 있을 것이다.

하지만 그 이삼 일동안 그런 고통을 느낀다는 것은 죽는 것 보다 더 힘든 일일 것이다.

그것을 알고도 고르곤은 배신했다. 어쩌면 다른 이들보다 더 악랄한 고통을 당하게 될 것이다.

"그러게 당신은 따라오지 말라고 했잖아."

상두는 아르페지오에게 핀잔을 주었다.

그의 부탁으로 크로테스가 소집한 2인 중 한 명은 목숨을 걸 수 없다는 이유로 거부하였다.

인원이 부족해지자 아르페지오가 참여하겠다고 자신으로 나선 것이다.

덕분에 인원수는 맞출 수 있었지만 여자가 이런 곳에서 죽임을 당하는 것을 상두는 보기 싫었다.

"작전개시 시간까지 얼마나 남았지?"

"어림잡아 대략 1토라(약 15분) 정도 남은 것 같아요."

상두의 물음에 아르페지오는 대답했다.

"아직 꽤 많이 남았군."

긴 시간은 아니었지만 형장에게 올라서기에는 충분한 시간이었다.

그렇게 그들은 형장의 위로 올라섰다.

그들이 형틀에 묶이자 영매가 형장으로 올라왔다.

그녀는 시끄러운 타악기 소리에 맞춰 기묘한 춤을 추며 의식을 치르기 시작했다.

그녀는 상두와 일행을 둥글게 돌며 주문과 비슷한 것을 읊조렸다.

그러더니 냄새가 고약한 액체를 나뭇가지에 발라 그들에게 뿌렸다.

"뭐야, 이 역한 냄새는……!"

마치 오줌 냄새 같기도 했고 썩은 달걀 냄새 같기도 했다.

표현하기는 복잡했지만 어쨌든 구역질이 나올 정도로 불쾌한 냄새였다.

그렇게 십여 분이 흘렀을까.

의식이 끝났다.

아직까지 작전이 개시되려면 시간이 더 있어야 한다.

좀 더 오랫동안 의식이 진행되기를 바란 상두는 아쉬움에 입맛을 다셨다.

그때 입에 묻었던 액체가 흘러 들어와 구역질을 했다.

그러자 집행인이 올라와 그의 배를 발로 걷어찼다.

"크윽……."

그래도 어느 정도 고통이 몰려왔다. 화가 난 상두는 그에게 침을 뱉었다.

침은 그의 얼굴에 묻었다.

크르륵.

그는 기분이 나쁜지 쇳소리 비슷한 것을 냈다.

인간의 침 냄새는 마족에게 역겨운지 마족의 인상이 굳어진 것이다.

그는 상두의 따귀를 내려쳤다.

"젠장할……."

커다란 손에서 뿜어져 나오는 파워는 엄청났다. 입술이 터지고 입안에 상처가 났다.

"훗……. 그 정도냐?"

그는 다시금 피가 섞인 침을 뱉었다.

또다시 이어진 상두의 행동에 집행인은 화가 머리끝까지 치밀어 오른 듯 얼굴색이 보라색으로 변했다.

그의 따귀를 다시금 내려쳤다.

이번에는 조금 전보다 훨씬 더 충격이 있었다.

사실 이모든 것은 시간을 끌기 위한 것이었다.

덕분에 상두 일행은 꽤나 많은 시간을 벌 수 있었다. 하지만 기대하는 기습이 아직도 이뤄지지 않았다.

상두도 이제 초조해 지기 시작했다.

집행인들의 손에 작고 날카로운 칼이 들려져 있었던 것이다.

이제 집행이 임박했다는 것.

저 날카로온 칼로 조금씩 살을 도려낼 것이다. 칼은 점점 상두의 가슴으로 향해왔다.

그때!

쿠구궁!!

굉음이 울렸다! 동시에 함께 대기가 울린다.

타는 냄새와 열기가 사방에서 뿜어져 나온다.

상두는 속으로 환호성을 불렀다.

드디어 기다리고 기다리던 기습이 시작된 것이다.

진영의 가장자리에서 불꽃이 큰 혀를 낼름거렸다.

상당히 광범위한 지역에서 공격이 이뤄졌는지 불길은 상당히 거세고 컸다.

당연히 마족들은 당황했고 지휘관급의 마족들은 당황한 병사들을 추스른 뒤에 빠르게 이끌었다.

역시나 마족의 지휘계통의 속도는 인간을 초월했다.

그 와중에도 마족의 사령관은 전혀 당황하지 않았다.

─이자들을 다시 감옥으로 끌고 가라!

냉정한 어조로 사령관은 병사들에게 명령을 내렸다.

그의 명령에 마족의 병사들이 상두의 일행을 끌고 내려갔다.

끌려가던 상두는 나지막하게 읊조린다.

"내가 누군 줄 알아?"

마족이 인간의 말을 알아들을 리 만무했다. 멍하니 상두를 바라볼 뿐이었다.

"나는 카논이다!"

그는 크게 외치고 포승줄을 힘을 주어 끊어 버렸다.

나머지 2인 역시 포승줄을 신속하게 끊었다.

"으아아아아!!"

상두는 비명과도 같은 야수의 울부짖음과 같은 기합을 내뿜으며 사령관을 향해 달려들었다.

마족의 병사들은 당연히 그를 막아섰다. 하지만 그들은 상두의 상대가 될 리가 없었다.

"후아아아아!!"

그의 외침과 함께 주위의 검은 기운들이 상두를 향해 빨려 들었다.

전투시만 되면 마족의 기운들이 상두의 육체로 빨려 들어간다.

그리고 또다시 그의 등 뒤로 푸른 에너지의 날개가 솟아났다.

그는 돌풍처럼 그들을 휩쓸고 다녔다.

상두라는 이름의 돌풍에 의해 마족의 육체가 분리되어 사방으로 흩날린다.

드디어 그는 사령관 앞에 섰다!

이제 그를 보호할 병사들은 없었다.

나머지 군사들은 기습한 군대를 막기 위해 흩어졌기 때문이다.

"죽어라……!"

나지막한 읊조림과 함께 상두는 주먹을 강하게 뻗었다.

하지만 마족의 사령관은 상두의 주먹을 막아냈다.

이렇게 쉽사리 당할 것이라면 사령관의 위치에도 오르지 못했으리라.

하지만 마족은 자만심이 강하다.

상두의 공격을 막아낸 그는 자만심에 빈틈이 생겼다.

그때 날아오는 날렵한 레이피어!

그것은 아르페지오의 공격이었다. 위력적이지는 않았다.

하지만 시선을 끌기에는 충분했다. 그때 엘파의 다리가 사령관의 발을 향해 날아왔다.

큰 충격은 아니었지만 사령관은 휘청이며 쓰러졌다.

"이제 죽어라……!"

상두는 훌쩍 마족의 사령관에게 올라탔다.

그의 주먹이 사령관의 얼굴에 난무했다.

푸른 마족의 피가 사방으로 튀었고 순식간에 사령관의 얼굴은 피떡이 되었다.

하지만 마족은 이렇게 충격을 받는다고 정신을 잃거나 죽지 않는다. 그들을 죽일 수 있는 방법은 산산조각을 내거나 심장을 꿰뚫는 것뿐이었다.

상두는 주먹을 들어 마족의 왼쪽 가슴을 내려쳤다. 주먹은 마치 수박을 깨듯 흉부의 뼈를 뚫고 심장을 박살 냈다.

하지만 이것이 끝이 아니다.

"이번에는 정말 끝이다."

그는 주먹을 빼더니 다시 반대편 가슴으로 강하게 내뻗었다!

크아아아아아아악!

이제야 마족의 사령관은 큰소리로 울부짖었다.

마족의 심장은 모두 두 개.

두 개 다 완벽히 박살 내야만 그들은 숨이 끊어진다. 놀라운 마족의 생명력은 이 두 개의 심장에서 나온다고 해도 과언이 아닌 것이다.

마족의 사령관이 이제 축 늘어졌다. 생명반응은 이제 없다. 완전히 숨을 거둔 것이다.

마족들이 갑자기 움직임이 멈춘다.

묶었던 줄이 끊어진 꼭두각시 같은 느낌.

그들은 사령관과의 의식이 연결되어 있다. 사령관이 죽게되어 의식이 사라지면 병사들과의 연결줄이 끊어진다. 그렇게 되면 그들은 공항상태에 빠진다.

아니나 다를까, 그들은 공항상태가 되어 우왕좌왕했다.

공항상태에 빠진 군세를 무너뜨리는 것은 그리 어렵지 않았다.

카르카손의 군대는 마족들을 도륙하기 시작했다. 마족들역시 강하게 항거했지만 지휘관을 잃은 지금 그것은 의미 없는 발버둥일 뿐이다.

인간의 군사들이 밀어붙이자 성내에 대기하고 있던 병사들도 모조리 나와 마족의 도륙에 참여했다.

순식간에 마족의 진영은 쑥대밭이 되었다. 많은 마족들은 시체가 되어 나뒹굴었고, 나머지의 마족들은 모두 도망치고 없었다.

이것은 승리.

감격적인 인간의 첫 승리!

"승리했다!!"

카논은 마족 사령관의 수급을 들고 외쳤다.

그의 외침에 미쳐 도망치지 않는 모든 마족들은 도망쳤다. 그들을 바라보는 마족의 시체 위에 선 인간의 병사들.

와아아!!

자그마한 외침이 들려온다.

와아아아아아아아!!

자그마하던 외침은 하늘을 뒤덮을 정도로 크게 성장했다.

처음이었다.

카이데아스 부활의 이후 첫 승리였다.

부활 이후 인간은 계속 패배를 거듭하여 이렇게 남쪽 끝까지 밀려난 것이다.

하지만 승리했다. 영웅 카논의 등장으로 인한 것이었다.

모두들 병장기를 들고 사방을 춤추듯 뛰어다녔다.

그렇게 인류는 처음으로 마족을 이겼다

카르카손에 꽃가루가 흩날린다.

사람들은 환호했고 흥겨운 음악소리가 사방에서 들려온다. 도시의 모든 곳이 축제 분위기로 뒤덮었다.

사람들은 춤을 추고 노래를 불렀다.

거리에서 퍼레이드가 진행되고 있었다.

마차 위에 서 있는 것은 바로 피스트 마스터 카논, 바로 상두였다.

그는 그야말로 개선장군이었다.

그의 활약이 아니었더라면 인간의 군세 오십만 이상에 해당하는 마족 이만의 군세를 몰아낼 수가 없었을 것이다.

그는 멀끔하게 차려 입고 있었다.

불편한 옷이지만 그래도 참아냈다. 사람들이 승리를 자축하고 있었다.

그렇기에 상두도 기분을 맞춰 주고 싶었던 것이다.

그가 기분을 맞춰 주려는 것은 바로 민중이었다.

귀족의 수탈에 시달리다가 이제는 마족에게 시달린다. 그런 마족에게 시원하게 한 방을 먹인 사내.

그것은 바로 같은 민중 출신인 카논 바로 상두였다. 그들에게 카논은 민중의 희망이며 불꽃인 것이다.

상두는 그렇게 민중들을 향해 손을 흔들었다. 그가 손을 흔들 때마다 그들은 환호성을 질렀다.

퍼레이드는 카르카손 성 전체를 돌고 나서야 끝이 났다. 힘이 들었지만 상두는 끝까지 웃음을 멈추지 않았다.

퍼레이드 마차는 지휘관저로 향했다.

퍼레이드를 모두 마쳤는데도 민중들이 그를 따라왔다. 그들은 상두에게 다가왔다.

병사들은 그를 지켜내기 위해서 막아섰다. 하지만 상두가 그들을 제지했다.

"괜찮아요. 이들은 나를 보기 위해서 온 것이니까."

사람들은 상두를 향해 손을 뻗었다. 영웅의 손을 한 번이라도 잡아보고 싶었기 때문이다.

상두는 모두의 손을 그렇게 잡아주고 나서야 관저로 들어갈 수 있었다.

"후우……. 지친다."

넥타이를 풀며 상두가 관저로 들어서자 아르페지오와 엘파가 있었다.

"미안하군그래. 자네들도 이런 환대를 받아야 하는데."

그의 말에 두 사람 다 고개를 가로저었다.

"난 이런 것 싫어합니다."

엘파의 말에 아르페지오가 거들었다.

"나도 마찬가지예요."

그녀는 손사래까지 쳤다. 그런 그녀의 머리를 상두는 쓰다듬어 주었다. 그녀는 그의 행동에 얼굴이 붉어졌다.

"코르테스 공은?"

상두의 물음에 아르페지오는 당연하다는 듯 말했다.

"아버지가 어디에 있겠어요? 당연히 지휘관실이지."

상두는 고개를 끄덕이고 코르테스를 향했다.

"여어……. 대륙의 영웅 카논!"

지휘관실로 상두가 들어서자 코르테스는 그를 무척이나 반겼다.

그는 즐거운지 연신 얼굴에 미소가 감돌았다. 그가 지휘관으로 있는 동안에 한 번도 승리한 적이 없었는데 이제 기어코 승리했기 때문이다.

그 승리를 상두가 그에게 선물해 주었다. 당연히 그를 반갑게 맞이할 수밖에 없었다.

"우리 측 피해는 어떻게 됩니까?"

상두는 역시 아군의 피해부터 물었다. 아무리 일방적인 대승이었다고는 하지만 상대는 바로 마족이다. 피해가 막심할 것이다.

"대략 천여 명 정도로군."

코르테스의 대답에 상두는 한숨을 내쉬었다.

"천 명이나……."

이곳 카르카손의 군사는 대략 이만여 명. 그중 5퍼센트 정도를 잃은 것이다. 말이 5퍼센트이지 지금의 상황에서는 아주 큰 타격이었다.

"후우……. 그렇다면 타격이 아주 크겠군요."

"그렇지. 하지만 우리는 승리했네. 천 명의 목숨과 바꿔서 이룬 쾌거지. 그 중심에 자네가 있었고. 지금 우리 군대는 사기가 충만하네. 벌써 승리의 소문이 다른 진지에까지 퍼졌어. 모든 인류가 사기가 충만해졌네. 모두 자네 덕분이야."

상두는 손사래를 쳤다.

"코르테스 공께서 딱 맞은 시간에 습격을 해주었기 때문에 가능한 결과였습니다. 조금만 늦었더라면 저는 적들에게 당했을 테죠. 그런데… 마족이 원래 배를 만들었던가요? 어떻게 해변으로 침략할 수 있었죠?"

상두는 화제를 바꾸어 원론적인 것을 물었다. 코르테스는 인상을 찌푸리며 대답했다.

"변절자들 때문이지."

수억의 인구가 마족의 영토에 남겨졌다. 당연히 변절하는 사람들의 숫자도 엄청날 것이고 그 가운데 기술자들도 상당히 많았을 것이다.

그들은 살기 위해 변절을 택했을 테고 그 덕분에 해변으로 침공이 가능했던 것이다.

"해변의 경계를 게을리해서는 안 되겠군요."

상두의 말에 그는 고개를 끄덕였다. 하지만 인상은 그리 좋지가 않았다.

"그렇게 해야 되네만……. 현실적으로 군사의 숫자가 적어 좀 힘들 것 같군."

상두는 다시금 한숨을 내쉬었다.

"그래도 고르곤 덕분에 마족에 약점들을 꽤나 많이 알게 되었어. 그것을 이용하면 충분히 이겨낼 수 있을 것 같다."

상두는 고개를 끄덕였다.

고르곤의 회심은 어쩌면 지금 카이데아스와의 대결에서의 새로운 국면을 맞이하게 되었다.

인간에게는 정말로 희망적인 일인 것이다.

"자네에게는 미안한 이야기지만… 오늘 또 연회가 있네."

상두는 인상을 있는 대로 구겼다.

"그 양반들은 연회를 못해서 죽은 귀신이 붙었단 말입니까?"

"그게 무슨 말인가?"

상두는 무심결에 저쪽세계에서 쓰던 속담을 말해 버렸다.

"아니 그게 아니라… 그 사람들은 하루라도 연회를 벌이지 않으면 죽는답니까?"

"그러게나 말일세. 지금 재정도 많이 부족한 상태인데 말이야."

골치가 아픈 것은 코르테스도 마찬가지였다.

카르카손의 성주가 죽고 이곳에 진지가 구축된 이후 코르테스가 성주 노릇을 하고 있었다. 군사에 행정까지 담당해야 되는 상황.

사실 보통의 백성들은 그렇게 문제를 일으키지 않았다.

그들은 오히려 열심히 일해서 세금까지 잘 내고 있는 상황이었다.

하지만 귀족들은 거둬 들인 세금을 모두 빨아당기듯 연회에 쓰고 있었다.

그것을 제지를 해봤지만 그들은 그때마다 실력행사를 통해 그를 압박해 내갔다.

그렇다고 하더라도 이번 연회는 그 말도 안 되는 연회 중에서 가장 말이 안 되는 것이다.

전쟁에 승리를 기념한다고 한다. 하지만 정작 제대로 된 주인공인 민중은 그 연회에 대해서 알지도 못한다.

죽어나간 천명의 군사들의 계급이 무엇인가? 귀족이 아니다.

그들은 일반 백성들이었다.

그런데 왜 귀족들이 연회를 하는 것인가? 그들은 전쟁에 참여하지도 않았다.

그들이 왜 자기들만의 파티로 그것을 자축해야 하는가.

상두는 자리에서 일어났다. 얼굴에는 노기가 가득했다.

"말이 안 되는 놈들이군요."

그는 퍼레이드에서 입었던 옷을 벗어던졌다.

역시나 안에는 활동하기 편한 옷이 입혀져 있었다. 이것은 전투시의 옷이었다.

"그러고 갈 텐가?"

상두는 고개를 끄덕였다. 코르테스의 얼굴에는 난감함이 가득했다.

"귀족들의 적이 되어서는 좋을 게 없어."

코르테스의 충고.

하지만 상두는 그의 충고가 귀에 박히지 않았다.

백성들의 세금을 본인들의 입맛대로 사용하는 그들에게 너무도 화가 난 것이었다.

"저는 귀족들을 적으로 만든 적이 없습니다. 귀족들이 저를 적으로 만들고 있는 겁니다."

"그게 그거지, 이 양반아."

상두는 히죽 웃고 지휘관저를 빠져나갔다. 빠져나가는 그 모습을 코르테스는 걱정스럽게 바라보았다.

그는 연회장으로 도착했다.

아무런 예복도 입지 않고 그가 들어서자 모두들 웅성거렸다.

이미 도착해 있던 엘파와 아르페지오 역시 적잖게 놀랄 수밖에 없었다.

귀족 출신이 아닌 사람이라고는 하지만 예복을 갖출 자리는 안다고 생각한 탓이었다.

아무리 영웅이라고는 하지만 그의 행동이 귀족들에게는 마음에 들지 않았다.

하지만 그들의 마음에 가장 들지 않는 것은 바로 상두였다.

상두는 민중의 영웅이다. 민중에게 영웅이 있다는 것은 그들이 결집할 수 구심점이 있다는 것이다.

구심점이 있어 민중이 결집하면 다스리기 힘들다. 그것은 귀족들에게 귀찮은 결과를 초래하기 때문이다.

그렇기에 그들은 상두가 마음에 들지 않았다.

싹을 꺾어 버리고 싶은 마음이 굴뚝같지만 그렇다고 상두를 제거한다면 민중의 봉기가 예상된다.

그렇다면 그들의 기반은 사라지는 것이다.

하지만 마음에 들지 않는 것은 상두도 마찬가지였다. 상두는 더 이상 그들에게 호통 치는 것도 지겨웠다.

이제 행동으로 보여주기로 결심했다.

그는 연회장의 음악을 연주하는 악단에게로 다가갔다. 그가 다가오자 악단은 당황했다.

하지만 음악을 멈추지는 않았다. 귀족은 연회시 음악이 잠시라도 멈추는 것은 싫어했다.

상두는 악단에게서 베이스음을 내는 가장 큰 악기를 뺏어냈다.

"모두 꺼져라. 이제 연회는 없다."

상드는 그대로 악기를 바닥에 내동댕이쳤다. 악기는 요란한 소리를 내며 박살 났다.

사람들은 경악을 했다.

여지껏 아무도 이런 몰상식한 행동을 한 적이 없었던 것이다.

"이게 무슨 경박한 짓이오!!"

판테온이 상두에게 호통을 쳤다.

그의 계급은 상두보다 낮은 것이었다. 아무리 평민 출신이라고 해도 상두에게 그렇게 해서는 안 된다.

귀족의 법도에 어긋나는 것이었다.

"판테온, 네놈은 이게 무슨 짓이냐."

상두는 판테온에게 더 이상 경어를 사용하지 않았다.

계급이 높다고는 하나 이것은 귀족 사회에서는 파격이었다. 계급도 계급이지만 나이도 중시하는 귀족사회이기 때문이다.

하지만 일단은 상두가 계급이 훨씬 더 높다.

하대를 할 수 있는 명분은 있다.

"이곳에서 이번 전투에 참여한 사람이 있다면 손을 들어
봐."

상두의 말에 모두들 고개를 떨구었다.

전투에 참여하기는커녕 이들 중 몇몇은 전투가 벌어지던
중에 도망치던 이들도 있었다.

"난 이번 전투에서 이곳에 있는 자들의 얼굴을 본 적이 없
는 것 같은데……. 왜 네놈들이 연회를 하고 있지? 연회의 주
인공은 바로 죽어간 천여 명의 그 평민 병사들이 아닌가? 그
들을 위해서 추모를 해도 시원찮을 판국에 지금 연회를 하고
있어?"

상두의 몸에서 분노가 이글이글 불타올랐다.

"네놈들이 천시하는 천여 명의 평민들이 피를 흘리며 쓰러
지는 가운데 네놈들은 뭘 했지?"

그들은 나 몰라라 하거나 도망치기 일쑤였다. 그렇기에 상
두에게 대답할 수가 없었다.

"그런 네놈들이 무슨 연회는 연회냐! 네놈들은 자격이 없
어!"

상두는 사자후처럼 외침을 발했다.

모두들 그의 외침에 마치 맹수의 소리를 들은 초식동물처럼 굳어 버렸다.

　그는 휘몰아치듯 연회장을 박살 내기 시작했다. 귀족들은 비명을 내질렀지만 상두의 위압감에 도망치지도 못하고 있었다.

　순식간에 아수라장이 되었다.

　"병신 같은 놈들."

　상두는 그대로 연회장을 빠져나왔다.

　그곳에 이유는 이제 없었다.

　더 이상 그곳에 있다가는 구역질이 나서 미쳐버릴 것만 같았다.

　"빌어먹을 놈들."

　저쪽 세계의 유행어 중에 '추억 보정' 이라는 것이 있었다. 다시 오피니아로 돌아오기 이전에는 이곳이 정말로 평화롭고 좋은 곳이라고 생각했다.

　그것이 바로 추억보정이었다. 돌아온 이곳은 어떤 면에서는 저쪽 세계보다 훨씬 더 더러웠다.

　그곳은 그래도 명목상 계급은 존재하지 않았다.

　열심히 일해서 자신의 삶을 쟁취할 수는 있었다. 하지만 이곳은 계급이라는 것 때문에 민중들은 신음할 뿐이었다.

　상두 역시 이렇게 강맹한 힘을 얻지 못했더라면 저런 민중들과 다를 바가 없었을 것이다.

"카논."

뒤에서 아리따운 목소리가 들린다.

상두가 뒤를 돌아보니 아르페지오가 서 있었다. 그녀가 따라온 것이다.

연회복을 벗어던진 그녀는 여느 때처럼 가벼운 경갑옷 차림에 레이피어를 끼고 있는 모습.

그녀는 그래도 여느 귀족 하고는 달랐다.

아버지의 영향일 것이다.

그의 아버지 코르테스도 상두의 영향이 아니었다면 여느 귀족하고 다르지 않았을 것이다.

"잠깐 저랑 데이트 좀 할래요?"

그녀의 말에 상두는 의아했다.

오피니아에서는 여성이 먼저 데이트를 신청하지 않는다. 만약 데이트를 신청한 것이 발각되면 사회적으로 지탄이 받기도 했기 때문이다.

하지만 그녀는 용감했다. 아무리 전시라고는 하지만 역시 아르페지오는 쓸데없는 규율에 얽매이지 않는 것 같았다.

"당신 같이 아리따운 사람이라면 나야 좋지."

상두의 확답에 그녀는 상두에게 팔짱을 끼었다. 알싸한 여인의 향기가 상두의 코를 찔렀다.

두 사람이 향한 곳은 성에서 조금 떨어진 한적한 호수였다.

경치도 상당히 좋았지만 마음을 평온하게 만드는 분위기가 있는 곳이었다.

"이제 좀 마음에 안정이 되죠?"

상두는 고개를 끄덕였다.

자연을 바라보니 그나마 마음이 편해지는 것을 느낀 것이다.

말없는 자연이 말 하는 인간보다 훨씬 더 상두의 마음을 위로하고 있었다.

"원래 그런 사람이 아니라고 들었는데 왜 그렇게 강경하게 나오세요?"

상두는 머리를 긁적이며 대답했다.

"그때는 귀찮았지. 그저 세상이 이러니, 내가 바꿀 수 없으니 두자는 거였어. 하지만 새로운 세상을 경험하고 나니 이 사회의 부조리가 눈에 보이니 참을 수가 있어야지. 그곳에서는 계급도 편견도 이곳보다 없었어."

아르페지오는 이해할 수 있었다. 그녀는 잠시나마 그쪽 세상을 경험해 봤기 때문이다. 하지만 상두는 그곳에서 생활을 했다. 왜 그렇게 그리운 것인지 상두에게 들어봐야 했다.

"저는 그 세상을 오래 경험하지 못했어요. 그래서 잘 모르는데……. 설명해 주시겠어요?"

그녀의 말에 상두는 즐거운 듯 이야기를 풀어놓았다.

세상의 사회구조나 그곳에서 신기한 것들 편한 것들을 즐겁게 이야기를 했다.

그리고 그곳에서 성공한 이야기, 실패한 이야기, 그리고 이성만의 후계가 된 이야기까지 즐겁게 풀어놨다.

그녀는 그렇게 말하는 그를 물끄러미 바라보았다.

그녀의 얼굴에는 은은한 웃음기가 감돌았다.

화색이 돌아 이야기를 하는 상두의 모습이 너무도 보기 좋았던 것이다.

"그곳에 다시 가고 싶으시죠?"

상두는 그녀의 물음에 뜨끔했다. 그리고는 다시 멋쩍게 웃었다.

"즐거운 곳이야. 좋은 사람들도 많고……. 이곳에서는 사실 친구라고 할 사람들이 없었거든. 그곳에서 부모도 생기고, 친구도 생기고 말이야……."

그의 눈에서 아련한 빛이 머금어졌다. 금방이라도 눈물이 날 것만 같았다.

저쪽 세상에서는 오피니아가 그립더니 이곳에서는 저쪽 세상이 그리운 얄궂음에 상두는 헛웃음이 나왔다.

"사실 나 돌아갈 거야."

상두의 말에 그녀는 가슴이 덜컹 내려앉았다.

그가 떠난 다는 생각을 하니 가슴이 먹먹해지기도 했다.

"그쪽 세계로요? 어떻게 가시려구요?"

"몰라. 어떻게든 돌아갈 거야."

"그런 말 없었잖아요."

"하지만 이미 오피니아에 올 때부터 다시 그쪽 세계로 돌아가리라고 마음먹었어."

상두는 이상했다.

왜 이 사람에게 비밀스러운 말을 모두 털어놓는지 알 수 없었다.

그저 알 수 없는 끌림이 느껴진달까?

그때 아르페지오가 상두에게 안겨왔다.

"이, 이게 무슨 짓이지?"

상두의 말에 그녀는 얼굴을 붉히며 대답했다.

"몰라요, 모른다구요……."

그는 아르페지오를 꼭 안아주었다.

"가지 말아요……. 안 가면 안 되요?"

상두는 대답 없이 그녀의 머리를 쓰다듬었다.

두 사람은 그렇게 한참을 안고만 있었다.

상두가 다시 지휘관저로 돌아왔을 때 귀족들이 그곳에서 나오는 것을 볼 수가 있었다.

그들은 상두를 싸늘하게 바라보았다.

상두 역시 지지 않으려 그들을 강하게 쏘아 보았다.

"거기 귀족들 잠시 멈춰 주지 않겠나?"

상두의 말에 그들은 잠시 걸음을 멈추었다.

"내 직위가 뭐지?"

그의 물음에 귀족들은 한참을 대답을 머뭇거렸다.

"내 직위가 뭐냐고."

상두가 재차 묻자 그들은 입을 열었다.

"마스터십니다."

"마스터는 제왕의 아래에 있는 등급이다. 그런데도 자네들은 나를 그렇게 하대하듯 쏘아 보는 것인가?"

상두의 물음에 그들은 고개를 떨구었다. 반론의 여지가 없었다.

"그래, 그렇게 눈을 아래로 내리깔고 다니도록."

상두의 말에 그들은 쳇 하는 소리를 내며 고개를 숙인 채 돌아갔다.

"병신 같은 것들."

그는 귀족들이 왜 저렇게 몰려 왔는지 궁금하여 코르테스에게 빠르게 향했다.

그가 들어서자 코르테스는 난감한 표정으로 그를 맞이했다.

"무슨 일입니까. 귀족 나부랭이들이 나오던데."

"후후……. 자네를 탄핵해 달라는군."

"탄핵… 말입니까? 하하!"

상두는 헛웃음을 보였다. 코미디를 하는 것도 아니고 자신들을 구한 영웅을 탄핵해 달라?

사람을 살려놓으니 이제 보따리 내놓으라고 하는 격과 뭐가 다른가.

"그래서 뭐라고 대답하셨습니까?"

"어림도 없다고 했지."

코르테스는 웃음을 보였다. 그 역시 황당한 것은 마찬가지였다.

"저라면 닥치라고 했을 겁니다."

"나도 그 비슷한 어조로 말하긴 했어."

"예나 지금이나 귀족들은 변하지 않는군요."

상두의 말에 코르테스는 고개를 끄덕였다.

그 역시 귀족이지만 귀족들이 이해되지 않는 그런 상황이었다.

"자네는 누가 뭐래도 오피니아의 영웅일세. 난 언제나 자네의 편이야."

"눈물이 날 것만 같군요."

상두는 그에게 너스레를 떨며 답했다.

"그래서 그런데 자네 잠시만 북방으로 가줘야겠어."

상두는 코르테스의 말에 고개를 끄덕였다. 그의 마음을 상두도 잘 알고 있었다.

"잠잠해질 때까지 피해 있으라는 말인가요?"

코르테스는 고개를 가로저었다.

"물론 그런 마음이 없는 것은 아니네만. 북방으로 마족의 대군이 쳐들어온다는 소문이 있네. 자네가 가서 조금 도와줘야겠어. 남부 해안가를 쳐들어온 마족들로 인해 병력이 많이 손실 됐어. 그쪽까지 파견할 군사들이 부족하네. 그러니 자네가 좀 나서주게."

"알았습니다."

상두는 자리에서 일어났다. 그는 위험한 지역에 파견되는 것을 즐겨했다.

그곳에서 사람들을 구하는 것에 굉장한 희열을 느끼고 있는 것이다.

게다가 지금 그는 하루빨리 이곳을 벗어나고 싶었다.

빌어먹을 귀족들을 보면 구역질이 나올 것만 같았기 때문이었다.

그들을 보지 않는다면 십년 묵은 체증이 내려가는 것 같으리라.

CHAPTER **08**
카논

검은 눈보라가 몰아친다.

세상을 뒤덮을 듯 그렇게 몰아친다.

하얀색의 보통의 눈이라도 지긋지긋 할 텐데 이 검은 눈은 더욱더 지긋지긋했다.

이 눈보라는 그칠 줄을 몰랐다. 벌써 사흘째 계속되고 있었다.

"도대체 어디까지 가야 되는 거야."

온몸을 로브로 감싼 상두는 짜증이 나는 듯했다.

그 뒤에 따라오는 아르페지오는 힘이 부치는지 말수가 줄었다.

아무리 괄괄한 그녀라지만 이런 환경은 그녀에게도 힘든 것은 어쩔 수 없었다.

"도대체 왜 따라온 거야?"

상두는 그녀에게 물었다.

그녀는 그저 웃을 뿐 대답이 없었다.

북방으로 발령받은 것은 상두 혼자였다.

그런 그를 아르페지오가 무작정 따라 나선 것이다. 그녀가 상두를 따라 나섰을 때 그의 아버지 코르테스도 상두도 알 수가 없었다.

어느 정도 거리에 도달하자 알 수가 있었다.

코르테스가 노발대발할 것을 생각하자 상두는 골치가 딱딱 아파왔다.

"지금이라도 돌아가. 당신이 따라 붙으니까 신경 쓰인다고."

상두의 말에 고개를 절레 흔드는 아르페지오.

"벌써 이만큼 왔는걸요. 혼자가면 더 길을 잃을 거예요. 당신과 함께하는 게 지금은 더 안전해요."

하지만 그렇다고 해도 길을 찾기란 무척이나 어려웠다. 벌써 수일을 이 눈밭을 걸어왔다. 길을 잃은 것 같기도 했다.

쉬고 싶었지만 쉴 수도 없었다. 주변을 아무리 둘러보아도 그들이 쉴 만한 공간은 보이지 않았다.

이 눈보라가 몰아치는 한복판에서 쉰다면 얼어 죽기 십상이다.

"그래! 내가 왜 그 생각을 못했지!"

그때 그의 머릿속을 번뜩 스친 생각이 있었다.

바로 천둥새였다.

도움이 필요할 때 언제든지 부르라고 하지 않았던가? 상두는 그것을 기억하고 품속에서 천둥새의 깃털을 꺼냈다.

어떻게 사용하는지 알 수가 없었다. 하지만 그것을 손에 들고 천둥새가 보고 싶다고 기원했다. 그러자 깃털에서 금색 빛이 강하게 뿜어져 나왔다.

그리고 수 시간이 지났다.

저 멀리서 금색의 아름다운 새가 날아오고 있었다.

너무나도 늠름하고 고귀한 모습!

그것은 바로 천둥새!

저 천둥새라면 목적지까지 순식간에 도착할 수 있을 것이다.

하지만 날아오던 천둥새는 갑자기 방향을 틀었다.

"어? 왜 저러지?"

상두는 당황하기 시작했다. 그때 천둥새는 깃털로서 상두에게 그의 생각을 남겼다.

―이곳은 춥다. 다음에 더 많이 도와주겠다.

상두는 어이가 없었다.

영수라는 존재가 추위 따위에 굴복되다니!

"기대를 걸었던 내가 잘못이다!!"

상두는 멀어져 가는 천둥새를 바라보며 큰소리로 외쳤다. 어쩔 수 없이 상두는 다시 눈보라 속을 하염없이 걸어야 했다.

그러기를 수여 시간이 흘렀다.

"저기 불빛이 보여요!"

다행히 저 멀리 주홍빛의 나무가 타오르는 빛이 피어오르는 것을 발견할 수가 있었다.

이렇게 모진 환경 속에서 불을 피우는 것은 군의 진지밖에 없을 것이다.

상두는 아르페지오의 손을 잡고 뛰기 시작했다. 불빛이 너무 반가운 탓이었다.

하지만 그녀의 손길이 느껴지자 상두의 가슴이 두근거리는 것을 느낄 수가 있었다.

하지만 그런 기분은 내리누르고 그는 빠르게 내달렸다.

그들이 십여 분이 내달리자 목책의 방어선을 발견할 수가 있었다.

하지만 이 목책은 어딘가 달랐다. 군데군데 검은 눈이 붙어 있었지만 저것은 분명히 얼음이었다.

목책에 물을 부어 단단한 방어선을 구축한 것이었다.

이 정도 추위라면 저런 방법도 나쁘지 않을 것이다.

환경을 이용하여 좋은 방어법을 구축한 인간의 지혜에 경탄하는 상두였다.

역시 사람은 궁하면 통하는 것 같았다.

"당신들은 누구요!"

목책에서 경계를 서던 자가 외쳤다.

"나는 카르카손 본진에서 온 카논이라고 합니다!"

상두의 대답에 경계를 서던 자가 놀란 듯 눈을 크게 떴다.

"피스트 마스터 카논!"

그는 무척이나 흥분해 있었다.

카논이 돌아왔다는 소문은 이미 전군에 돌고 있었다.

그 카논이 자신들의 진지에 왔다고 하니 그는 흥분할 수밖에 없었다.

"잠시만 기다려 주십시오!"

카논이라는 것이 알려지자 목책의 출입구가 열렸다.

상두는 그것을 통해 안으로 들어설 수가 있었다.

안으로 들어서자 지형 탓인지 바람이 덜 불었다. 덕분에 조금은 훈훈한 기운을 느낄 수가 있었다.

게다가 이곳의 진지는 막사로 구성되어 있는 것이 아니라 커다란 바위산에 동굴을 파서 만들어 놓았다.

추위를 이기려면 조금 힘들어도 이런 식으로 쉴 곳을 구축하는 것도 한 방법이었다.

상두가 어느 정도 기다리자 진지의 지휘관이 나타났다. 그는 카논과 일면식이 있는 그런 자였다.

"당신이 정말 카논입니까?"

그는 고개를 갸웃거리며 상두에게 일단 악수를 청했다.

그가 알고 있는 모습과 전혀 달라진 그의 모습에 그는 의아한 것 같았다.

악수를 받아든 상두는 조용히 읊조렸다.

"저는 당신이 메르덴에서 했던 일을 기억하고 있습니다."

지휘관은 눈을 크게 떴다.

메르덴에서 벌어진 일은 카논과 지휘관만이 알고 있는 사실이었다.

그리고 치부였다. 그런 것을 알고 있다니 상두가 틀림이 없을 것이라고 생각했다.

"그 이야기는 하지 않는 편이……."

생각보다 상두는 군에 관련된 자들의 약점을 잘 알고 있었던 것 같았다.

아르페지오는 그런 상두의 모습이 재미있다는 듯 웃음 지었다.

"일단 안으로 드시죠. 오늘은 특히나 날씨가 더 춥군요. 눈보라가 계속되서 움직이기도 힘이 듭니다그려."

지휘관의 그들의 자신의 지휘관실로 안내했다.

그들은 바위동굴 안으로 들어갈 수 있었다.

동굴 안은 마치 미로처럼 얼기설기 통로로 되어 있었다.

쓸데없는 공간을 줄여서 최대한 방한 효과를 노리기 위해서였다.

역시나 안으로 들어서니 훈훈한 기운이 감돌았다. 상두와 아르페지오는 그 기운에 입고 있던 로브를 벗었다.

"밖으로 나가실 때에는 이것을 입으십시오."

지휘관이 내민 것은 동물의 가죽과 털로 만든 옷이었다. 언뜻 보아도 굉장히 방한성이 뛰어날 것 같았다.

"마물의 가죽과 털로 만든 옷입니다. 확실히 사람의 직물보다는 따뜻할 겁니다."

상두는 그것을 받아들며 웃음 지었다.

"옛날 한참 마물을 잡아서 그것으로 옷을 지어 입던 일이 생각나는군요."

"그때는 그래도 살 만했습니다."

상두의 말에 지휘관은 웃으며 대답했다.

그들은 훈훈한 분위기와 함께 지휘관실로 향했다.

가는 도중 지휘관이 식사를 권했지만 상두는 이를 차분히 거절했다.

지금은 식사보다는 정황을 듣는 것이 중요했다.

지휘관실에 도착했을 때 상두는 회의를 위한 원탁에 앉았다.

이곳은 역시 바위동굴이라서인지 원탁도 돌을 깎아 만든 것이었다.

나무로 만든 것보다 더 견고하고 안정성이 있어 보였다.

"전황을 말씀해 주십시오."

상두는 단도직입적으로 물었다. 지휘관은 고개를 끄덕이며 설명했다.

"그렇다면 사설을 빼겠습니다. 지금 이곳은 마족군과 대치되어 있는 곳입니다. 그것은 아실 테죠. 하지만 그들은 이상하리만치 공격을 가하지 않습니다. 조금씩 우리의 군사들을 납치하거나 죽이는 게릴라 전술을 사용하고 있습니다. 아무래도 이곳의 방벽이 두껍기 때문인 것 같습니다."

"성물의 영향이 있을 텐데 어떻게 그들이 이곳의 군사들을 납치하거나 죽일 수 있는 겁니까?"

상두의 물음에 그는 한숨을 내쉬었다.

"이곳은 성물의 영향력이 미약한 곳입니다. 게다가 저 눈보라가 거세지는 날이면 성물의 영향력이 아예 없어지는 경우도 있습니다."

"그렇다면 북방에서 불어 닥치는 이 눈보라는 성물의 영향을 줄이려는 마족의 술수라는 말입니까?"

상두는 지금까지 지긋지긋하게 겪었던 눈보라가 사실은 마족의 술수라는 것이 또다시 고개를 절레 흔들었다.

마족들은 이곳의 기후나 지형을 바꿔도 너무 바꿔 놓고 있었다.

"그렇습니다. 덕분에 철벽 방어를 자랑하던 이고의 방어력도 많이 낮아졌습니다. 게다가 이곳의 방어가 견고한 것을 그들도 알고 있는지 야금야금 우리의 군사들을 없애고 있습니다. 아마도 한계점에 다다르면 대규모의 공격이 있을 것입니다."

그의 설명에 상두는 고개를 끄덕였다.

"그것을 막기 위해 제가 왔습니다."

"그래서 든든합니다."

그렇게 두 사람이 이야기를 나누는 가운데.

"대장님!"

지휘관실로 전령이 긴급히 도착했다. 목소리로 보아 굉장히 급박한 소식을 들고 온 것 같았다.

"또 무슨 일이냐!"

"우리의 병사 서른 명이 또 사라졌습니다."

지휘관의 눈동자가 커지며 얼굴이 붉어졌다.

"또 마족의 짓인가!!"

"그것은 모르겠습니다만 흔적을 보아서는 그럴 가능성이 높습니다."

그의 보고에 붉어졌던 지휘관의 얼굴에는 수심이 가득했다. 또다시 마족의 습격이었다.

하지만 속수무책 당할 수밖에 없으니 그로선 답답할 노릇이었다.

"그래 나가봐. 절대로 병사들에게 십인 이하의 조로 나누지 말라고 전해라."

전령은 예를 갖추고 인사한 뒤 밖으로 나갔다.

"이런 식입니다. 이런 식으로 지금 병사들이 사라진 것이 일천 명이 됩니다. 지금 남아 있는 숫자는 그저 5천여 명. 이것으로 이 진지를 방어할 수 있을지조차 미지수입니다."

"진지의 방어가 느슨한 눈보라가 치는 날. 적들이 들이닥치겠군요."

상두의 지적에 지휘관은 고개를 끄덕일 수밖에 없었다.

"적의 규모나 여러 가지 정보는 없습니까?"

"없습니다. 정찰병을 보내는 족족 돌아오지 못하고 있습니다."

생각했던 것보다 상황은 더 열악했다. 이런 상황에서 이렇게 버티고 있는 지휘관의 정신력을 인정해 줄 만했다.

"저 지긋지긋한 눈만 좀 안 내린다면 좋으련만……!"

지휘관의 한숨에 상두는 인상을 찌푸렸다. 그 역시 저 눈보라가 심하게 거슬렸다.

"일단 여독을 푸시죠. 제 부관이 숙소로 안내할 겁니다."

상두는 고개를 끄덕이고 자리에서 일어났다. 뒤이어 부관이 안으로 들어왔고 그는 상두를 안내했다.

안내하는 내내 부관의 얼굴은 붉어져 있었다. 상두가 붉게 상기된 그의 얼굴을 빤히 쳐다보자 입을 열었다.

"당신이 바로 그 카논이십니까?"

그의 물음에 상두는 고개를 끄덕였다.

"정말 영광입니다! 당신은 우리 평민들의 영웅입니다!"

역시나 또 이런 반응이다. 상두는 이런 반응이 싫지는 않았지만 부담스러운 것은 어쩔 수 없었다.

하나 부관이라면 장교일 텐데……. 장교라면 보통 귀족의 기사가 도맡지 않던가?

"당신은 장교 아닙니까? 장교는 보통 평민이 오를 수 없을 텐데요."

상두의 말에 그는 고개를 끄덕였다.

"세상이 이렇게 되었으니까요. 귀족들은 군 계통에 들어오려고 하지 않습니다. 덕분에 장교들까지 평민으로 채워져 간 지 오래되었습니다."

상두는 이해가 된다는 듯 고개를 끄덕였다.

카르카손에서 겼었던 그 귀족들이라면 확실히 군대 입대를 주저하고 있는 것이 분명했다.

"빌어먹을 귀족놈들!"

상두의 읊조림에 부관은 큰 웃음을 보였다.

"어쩔 수 없잖습니까. 혈통이 다른데."

"혈통 이야기하지 마시오. 사람의 피는 높고 낮음이 없습니다."

상두의 이야기에 부관은 느끼는 바가 있는지 고개를 끄덕였다.

계급 제도가 잇는 이 세상에서 상두가 이야기하는 말은 굉장히 급진적인 사상일 것이다.

"뭐, 어쨌든 얼마 전에 북방의 다른 진지에서 벌이셨던 카논님의 일화는 이미 우리 군인들 사이에서는 전설처럼 회자되고 있습니다. 그런 분을 모시게 되어서 영광입니다."

그는 과도하게 상두에게 칭찬을 했다. 그는 몸둘바를 몰라 머리를 긁적일 뿐이었다.

"동행 분은 연인 관계 십니까?"

부관의 물음에 아르페지오는 손사래를 쳤다.

하지만 상두는 고개를 끄덕였다.

"내 피앙세입니다."

그의 말에 아르페지오의 얼굴이 붉어졌다.

"그렇군요. 애인을 따라서 이런 변방에까지 오다니 대단한 순애보입니다."

"시끄러워요. 저는 아직 이 사람의 애인도 아닐 뿐더러. 이곳에 싸우러 온 카이난 기사단의 수석 기사 아르페지오예요!"

아르페지오이라는 이름이 흘러나오자 부관은 잠시 우뚝 멈춰 섰다.

"그렇다면 당신이 얼음 공주 아르페지오십니까?"

"난 그 별명 싫어해요."

"이거 전설적인 두 분을 모시게 되었군요. 게다가 두 분이 연인 사이라니! 이거 참 흥분됩니다!"

아르페지오의 말은 신경도 쓰지 않는 것이 그는 태생이 과장하기를 좋아하는 사람인 것 같았다.

상두는 고개를 절레 흔들었고 아르페지오는 질려 버린 듯 인상을 찌푸렸다.

연인으로 알려진 덕분에 숙소는 2인실 하나를 마련해 주었다.

"좋은 밤 보내십시오."

부관은 음흉한 미소를 보이며 문을 닫고 나갔다.

숙소로 들어온 아르페지오는 상두에게 불만을 토로했다.

"왜 내가 당신의 애인이에요?"

"그렇게 설명해야 안전해."

상두의 말에 그녀는 고개를 갸웃거렸다.

"그게 무슨 의미에요?"

"이곳은 남성만 우글거리는 곳이야."

"그게 뭐 어때서요? 나 역시 기사예요. 남자들이 우글거리는 사이에서도 살아남았단 말에요."

"귀족과 평민은 조금 다르지. 귀족은 곧 죽어도 명예를 중요시하거든. 게다가 당신같이 아름다운 여성이 있으면 그런 남자들은 극도로 흥분 상태가 되지. 나의 애인이라고 하면 아무도 건드릴 수 없을 거야."

"그래도 저는 아직……."

"그래 아직은… 이잖아?"

상두는 그를 안았다. 그리고 입 맞추었다. 두 사람은 한참을 진한 키스를 나누었다.

"당신은 여자에게 관심도 없고 쑥맥이라고 들었는데……?"

"나도 모르겠어. 당신을 보면 참을 수가 없어. 그리고 당신이 다른 사람에게 해를 입는다면 나는 더 참을 수가 없을 거야."

상두는 다시금 그녀에게 키스를 퍼부었다. 두 사람의 밤은 그렇게 찾아왔다.

*　　　*　　　*

상두는 방한복을 입고 옷깃을 여미었다. 아르페지오도 옆에서 만반의 준비를 하고 있었다.

"꼭 따라올 거야?"

"혼자 이곳에 있으면 위험하다면서요. 남자들이 어떻고 이야기한 건 당신이에요."

상두는 아르페지오가 따라오는 것이 탐탁지 않았다.

지금 그는 적진의 동태를 살피러 가는 것이었다.

적진에 살피러 갈 때마다 정찰병이 돌아오지 않는다는 것은 적진의 방어가 그만큼 견고하다는 뜻이었다.

전투를 하려고 해도 상대의 규모 정도는 파악해야 하는데 그것도 할 수 없으니 전투에 엄두를 못 내는 것도 사실이었다.

상두와 아르페지오가 바위 동굴 밖으로 빠져나오자 지휘관이 그들을 배웅하기 위해 나섰다.

"꼭 다시 돌아와 주셔야 합니다. 당신은 우리 인류의 희망입니다."

그의 당부에 상두는 고개를 끄덕였다.

웬만해서는 이런 것에 나서고 싶지 않았지만 이곳에서는 그 말고는 정찰에 성공할 답이 없었다.

몸을 사리라고 했던 코르테스의 말이 떠올랐지만 이곳을 지키는 것이 상두는 우선이라고 생각했다.

상두는 지휘관에게 인사하고 진지 밖으로 나갔다.

"그렇게 내리던 눈보라도 내리지 않는군."

이번에는 눈보라도 치지 않고 있었다.

시계는 양호하지만 그것은 적들도 마찬가지였다.

적의 동태를 잘 살필 수 있다는 것은 적에게 발각되기도 싶다는 것과 같았다.

오히려 눈보라 치는 것이 적진을 살피는 것에 더 유리할 수 있었다.

게다가 상두의 입장에서는 혹이나 마찬가지인 아르페지오까지 따라붙어 있었다.

다른 사람이라면 상관이 없겠지만 아르페지오는 신경이 더 쓰이는 것은 어쩔 수가 없었다.

"걱정 말아요. 나도 속도라면 누구보다 빠르니까. 게다가 추적술도 당신보다 나으면 나았지 나쁘지는 않아요."

그녀는 걱정 말라는 식으로 이야기 했지만 상두는 마음이 놓이지 않는 것은 어쩔 수 없었다.

그들은 빠르게 이동했다.

아르페지오는 그녀의 말처럼 생각보다 민첩했다. 지도를 보는 것도 상두보다 더 나았다.

그녀가 있어서 도움이 되는 것이 분명한 사실이었다.

"거봐요, 도움이 될 거라고 그랬죠?"

그녀의 말에 상두는 고개를 끄덕였다. 그녀를 대동하지 않았더라면 길을 찾는데 꽤나 애를 먹었을 것 같았다.

확실히 그녀는 최고의 기사였다.

다른 기사들보다 뛰어난 것은 확실했지만 상두의 눈에는 물가에 아이를 세워둔 것처럼 걱정이 되는 것은 어쩔 수 없었다.

"저곳인가 봐요."

바위 뒤에 몸을 숨긴 두 사람은 마족의 진지를 발견할 수가 있었다.

이제야 위치는 확인되었으나 전체적인 정보를 알 수 없는 그 진지를 발견하게 된 것이다.

"생각보다 경비가 허술한데요? 왜 정찰병들이 돌아오지 못한 걸까요?"

"주변을 잘 살피는 것이 좋아. 마족은 진지 주변으로 환각 작용이 있는 풀이나 동물들을 풀어 놓는 경우가 많거든. 아마도 그것 때문에 돌아오지 못한 것일지도 모르지."

상두는 말을 마침과 동시에 손을 바닥으로 뻗었다.

"바로 이런 것 말이야."

그의 손에는 징그럽게 꿈틀거리는 무언가가 있었다. 그것이 바로 환각작용을 일으키는 독을 지니고 있는 벌레인 것 같았다.

"그런데 생각했던 것보다 규모가 작군."

대규모로 이동하는 마족 평소의 군대 방침과는 달리 이들은 소규모였다.

섣불리 공격을 가하지 못한 것은 마족의 진지의 규모가 상당히 작은 탓인지도 모른다.

하지만 다르게 생각하면 소규모의 이유는 부대원의 실력이 출중하다는 말이 될 수도 있었다.

아직까지 무슨 이유로 전투를 벌이지 않는지 섣불리 판단할 수는 없었다.

상두는 이리저리 주변을 더 살폈다.

"아니? 저자는?"

상두는 저 멀리 명령을 내리는 눈에 상처가 깊이파인 한 마족을 발견할 수가 있었다.

마족의 경우 육체의 수복술이 아주 뛰어나다. 그렇기에 저런 상처쯤은 쉽게 없앨 수 있었다.

그런 상처를 남긴다는 것은 그 상처에 큰 의미가 있다는 말이 된다. 그 상처를 남긴 것은 상두 바로 카논이었다.

"오카오쿠……."

"네?"

"저자의 이름이야."

오카오쿠.

그는 상두가 저쪽 세계로 넘어가기 이전에 그와 싸웠던 마족의 무장 중 하나였다.

마족에서 떠오르는 실력자 중에 하나였고 마족들을 모두 아우를 수장이 될 수도 있는 자였다.

게다가 성격도 다른 마족과는 다르게 비열하지도 잔인하지도 않았다.

말 그대로 무장이었던 자였다.

그렇게 앞날이 창창하던 그의 앞에 나타난 것은 인간의 영웅 카논이었다.

카논과 오카오쿠의 전투는 치열했다.

하지만 결국에는 카논에게 한쪽 눈을 잃고 패배하고 말았다.

다른 마족과는 달리 깨끗하게 패배를 인정하여 이례적으로 상두가 살려주었다.

아무래도 그때의 상처가 남아서인지 상처를 복구하지 않는 것 같았다.

"정보는 어느 정도 알아냈지?"

상두의 물음에 아르페지오는 고개를 끄덕였다.

"그렇다면 온 길을 되짚어 갈 수 있겠지?"

"무슨 소리에요? 당신은 이곳에 남겠다는 건가요."

상두는 고개를 끄덕였다.

"무슨 말이에요 이제 돌아가야죠."

"아니, 난 오카오쿠와 담판을 지어볼 작정이야."

마족과의 담판.

아르페지오는 이해할 수가 없었다. 마족이란 인간과의 말이 통하지 않는 그런 존재였다.

"마족과 이야기가 통할 것 같아요?"

그녀의 말에 상두는 확실히 답했다.

"저자는 다른 마족과는 달라."

그의 눈빛에는 너무도 확고한 신념이 담겨져 있었다.

그런 신념 탓에 그녀는 어쩔 수 없이 허락할 수밖에 없었다.

"꼭 돌아와야 해요. 당신은 인류의 희망이니까."

상두는 고개를 끄덕이며 웃음 지었다.

"그리고 당신은 나의 희망이기도 해요."

그녀는 꽃처럼 너무도 환한 미소를 보였다. 상두는 그 미소를 멍하니 바라보았다.

저 미소를 다시 보기 위해서라도 다시 돌아가겠다는 약속을 꼭 지키고 싶은 상두였다.

"정신 차려요!"

그녀는 상두의 등을 찰싹 내려쳤다.

"이게 무슨 짓이야."

그는 깜짝 놀랐다.

마족들이 들릴 정도의 크기였다. 하지만 다행이 그들은 눈치 채지 못하고 있었다.

그렇게 아르페지오는 돌아갔다.

그녀가 안전하게 사라진 것을 확인한 상두는 숨을 크게 들이마셨다.

"이제 가볼까?"

마족의 진지로 성큼성큼 걸어갔다. 마족의 시야에 닿을 정도로 그가 당도하자.

—왠놈이냐!

마족들은 당황했다.

마족의 진지로 이렇게 당당하게 걸어오는 인간.

환각에 빠진 인간도 아니었다.

그런데도 당당히 걸어오는 모습에 그들은 적잖게 당황할 수밖에 없었다.

지금까지 이런 배포를 지닌 인간은 없었다. 하지만 그래봤자 그는 인간.

마족들은 그대로 죽이기 위해 달려들었다.

크와아악!!

하지만 인간보다 1.5배 정도 큰 마족은 쉽사리 제압당했다. 제압당한 마족은 믿을 수가 없다는 듯 멍하니 상두를 바라보았다.

"카논……."

어색한 발음이지만 귀에 익은 목소리가 들려왔다. 하지만 오랜만에 듣는 목소리였다.

상두의 눈에 오카오쿠의 모습이 들어왔다.

"오카오쿠."

상두는 그의 등장에 마족들을 풀어주었다. 그는 상두에게 복수하려 달려들려 했지만 오카오쿠가 막아섰기에 달려들 수 없었다.

마족에게 상관의 명령은 절대적인 것이다.

"오랜만이로군."

발음이 약간 어눌하긴 했지만 그래도 그는 인간의 말을 잘 구사하고 있었다.

혀의 구조가 인간과는 많이 다른 마족이 이 정도까지 인간의 언어를 구사한다는 것은 실로 대단한 일이다.

"어디선가 많이 느껴본 기운 때문에 와봤더니 당신인가? 그런데 모습이 많이 바뀌었군."

오카오쿠의 말에 상두는 어깨를 한번 뜰썩였다.

"나도 이래저래 많은 일들을 겪었거든."

"내가 듣기로는 카이데아스님을 봉인하고 죽었다고 들었는데……."

"나도 죽는 줄 알았지. 하지만 이렇게 살아 돌아와 당신을 다시 보게 되는군."

"쓸데없는 소리는 그만하지. 무슨 할 말이 있어 왔는가?"

오카오쿠의 물음에 상두는 고개를 끄덕였다.

"그럼 안으로 들어가지."

오카오쿠는 상두를 이끌었다. 그는 아무런 거리낌 없이 안으로 들어섰다.

오카오쿠는 비겁한 수는 쓰지 않는다고 확실히 믿었기 때문이다.

안으로 들어서자 진영 중심에 마련된 단상에 오카오쿠는 털썩 주저앉았다.

이곳은 영매의 굿판이 벌어지는 곳이기도 했지만 마족들의 회의장소이기도 했던 것이다.

상두도 그의 맞은편에 털썩 주저앉았다. 그러자 오카오쿠의 뒤로 그의 심복들로 보이는 자들이 섰다.

"무슨 일로 온 것인가."

오카오쿠의 물음에 상두는 나지막하게 답했다.

"어쭙잖은 공격은 그만하면 좋겠군."

"어쭙잖은 공격?"

"그러니까 하찮은 소인배 같은 공격을 하지 말라는 거야."

"당신의 지금 말은 너무 어렵다."

상두는 답답했다.

아무리 인간의 말을 구사 한다고는 하지만 깊은 말은 알아 듣기 힘든 모양이었다.

상두는 그가 알아듣기 쉽게 설명했다.

"이곳 근처 진영에서 병사들이 조금씩 사라진다고 한다. 그것은 너희들의 짓이 아닌가?"

상두의 물음에 오카오쿠는 뒤쪽의 심복에게 마족의 말로 물었다.

한참 동안 대화하는 그들을 상두는 미심쩍게 바라보았다. 무언가 숨기는 것이 있는가 의심해서였다.

하지만 오카오쿠는 그럴 자가 아니었다.

"그런 놈들이 있다고 한다."

의외로 그는 소탈하게 인정했다. 상두는 너무도 쉽게 인정해 허탈하기까지 했다.

"그것을 그만두지 않겠나?"

"하지만 그것은 우리 마족의 고유의 전투 형태이다. 그런 것까지 간섭할 것인가?"

"하지만 당신은 무장이잖아?"

상두의 말에 그는 눈동자가 파르르 흔들렸다.

무장.

그것은 오카오쿠가 가장 동경하는 인간의 말이었다. 그런 말은 마족에게는 없었다.

지금은 찾아보기 힘들지만, 상두가 카이데아스와 싸우던 당시에는 인간에게는 무장이라 할 만한 자들이 많았다.

그들의 정정당당하고 승패에 자복할 줄 알았다. 그 모습은 마족인 오카오쿠에 신선한 모습이었다.

당연히 큰 감명을 받았고 마족이지만 무장이라는 자부심을 가지기 위해 노력했다.

"무장이라면 그런 비겁한 수는 벌이지 말고 나와 정정당당히 겨루는 게 어때?"

상두의 제의에 오카오쿠는 눈을 감았다. 잠시간 생각하는 듯하더니 입을 열었다.

"알았다. 부하들에게 알리겠다. 그럼 자네의 용건은 끝인가?"

상두는 고개를 끄덕였다.

역시나 오카오쿠는 무장답게 호방하게 말이 잘 통했다.

"그럼 정정당당하게 승부를 걸어오는 것으로 기대하겠다."

"그렇다면 이 눈을 가져간 자네에게 복수를 할 수 있는 건가?"

오카오쿠의 말에 상두는 화답했다.

"당연하다. 당신이 정정당당하게 승부를 걸어온다면 말이다."

오카오쿠의 눈빛이 불타오르는 것을 느낄 수가 있었다. 아무리 호방한 붕과 같은 그였지만 눈을 앗아간 상두에게 앙금은 쉽게 풀리지 않는 것이었다.

"그럼 기다리지."

상두는 그렇게 말하고 자리에서 일어났다. 자신의 진지로 돌아가기 위함이었다.

그가 돌아가려고 하자 오카오쿠의 부하들이 당황하여 그를 막아섰지만 오카오쿠의 명령에 물러났다.

"여전히 무장다운 배려 감사하다."

상두는 무심코 고개 숙여 인사했다. 저쪽 세계에 있었던 버릇이 나온 것이다.

"그것 참 재미있는 인사법이군. 감명 깊다."

오카오쿠는 그 인사를 칭찬했고 상두는 웃음으로 화답했다.

그는 진지로 돌아가기 위해 발걸음을 옮겼다.

몇 걸음을 옮기지도 않았는데 하늘의 상태가 이상했다. 아니나 다를까 이윽고 눈보라가 몰아쳤다. 언제나 지긋지긋한 눈보라.

"아… 지긋지긋하다 진짜……."

하지만 갑자기 불길한 느낌이 들었다. 이 눈보라는 자연적인 것이 아니라고 했다.

"이것은 마족이 일으키는 눈보라라고……. 설마……!"

설마는 사람을 잡는다.

그의 위로 무언가 휘익하고 날아간다. 그것은 마족의 공중의 이동수단 '카융코' 였다.

그 속도는 엄청났기 때문에 하루 이틀이면 나라와 나라를 이동할 수가 있었다.

게다가 그 속도에 맞지 않게 수용할 수 있는 마족의 인원이 거의 10인에 다다른다.

"제기랄! 속았나!"

이것은 바로 오카오쿠의 기습이었다.

"무장의 긍지를 버린 것인가!!"

상두는 마구 내달렸다.

시계가 양호한 상황이라고 해도 반나절은 걸리는 거리였다. 이렇게 눈앞이 캄캄하다면 하루 꼬박 달려야 할지도 모른다.

"어쩔 수 없군!"

그는 그의 몸속의 에너지를 끌어 올렸다.

그리고 빠르게 내달렸다. 이것은 바로 축지.

땅을 주름잡아 내달리는 그의 스승이 가르쳐준 기술이었다.

저쪽 세계에 있을 때보다 축지가 더 자연스러웠다. 그래서 생각보다 눈보라 속에서도 빠르게 이동할 수가 있었다.

"아니 이럴 수가……."

상두가 진지에 도착했을 때 이미 모든 것이 끝나 있었다.

진지는 참혹하리만큼 파괴되어 있었다. 병사들은 신음하는 이들이 하나도 없을 정도로 모두 몰살당하고 말았다.

피 냄새를 맡은 까마귀와 들개들이 벌써 몰려와 있었다.

"아르페지오……! 아르페지오……!"

그는 아르페지오의 생사가 걱정이 되었다. 그녀를 찾기 위해 빠르게 주변을 살피기 시작했다.

그렇게 나아가던 그의 눈에 믿을 수 없는 광경이 들어왔다.

눈보라가 쳐서 잘 보이지 않는데도 그것만은 아주 똑똑하게 들어왔다.

"오카오쿠!!"

오카오쿠가 아르페지오의 머리를 잡고 들어 올리고 있었다. 그녀는 축 늘어져 있었다.

온몸이 피투성이였다. 금방이라도 숨이 끊어질 것만 같았다.

"오카오쿠!!"

그는 미친 듯이 달려 나갔다.

하지만 그를 막아서는 마족들.

모두가 강맹해 보이는 자들이었다.

이들을 돌파하지 않고서는 오카오쿠에게 잡힌 아르페지오를 구해낼 수 없을 것이다.

"비켜라 이놈들!"

마족들은 상두를 향해 달려들었다.

그들은 우악스러운 그들의 무기를 내질렀다. 상두는 그들의 무기를 모두 피해냈다.

그러면서도 그의 몸 안으로 주변의 검은 연기를 모두 빨아당겼다.

덕분에 상두의 몸 안에는 엄청난 힘이 충만해졌다.

"죽어라!!"

그는 마족들 향해 공격을 발했다.

하지만 소용이 없었다. 그들의 강함은 상두를 초월하고 있었다.

소규모로 진영을 꾸민 이유를 알 수가 있었다.

상두는 그들을 당하낼 수가 없었다. 점차적으로 그는 뒤로 밀려나고 있었다.

"크아악!"

이제는 그들의 공격이 그의 온몸을 난도질하기 시작했다. 반응속도로 피하기는 했지만 모두 피할 수 없어 피가 사방으로 튀었다.

'힘은 넘치는데……!'

힘은 넘쳐났다.

하지만 그 힘을 사용할 수가 없었다. 그 힘을 받아들이는 육체는 한계가 있었던 것이다.

무력감이 들었다. 힘이 있었지만 사용할 수 없는 무력감은 그에게 자괴감을 일으켰다. 포기하고 싶어졌다.

이런 느낌은 처음이었다.

'예전의 육체가 있었더라면……!'

육체가 문제였다. 이런 육체가 싫었다.

'육체가 더 강했더라면!! 그랬더라면!!'

그의 몸으로 검은 기운들이 맹렬하게 빨려 들어갔다.

힘을 원할수록 그 검은 기운은 상두에게 빨려 들어갔던 것이다.

검은 기운은 그의 몸속에서 푸른 기운으로 치환되었다.

그 푸른 기운은 다시 하늘로 솟구치는 엄청난 빛기둥이 되었다.

솟아오른 빛기둥은 하늘을 뒤덮은 검은 구름까지 뚫어버려 오랜만에 푸른 하늘을 보여주었다.

이 강맹한 기운 덕분에 달려들던 마족들은 주춤거리고 뒤로 물러났다.

빛기둥이 사라졌다.

그러자 온몸이 금빛으로 물든 상두의 모습이 드러났다. 하지만 상두의 모습이 아니었다.

이 모습은 마족들을 모두 쓸어 버렸던 피스트 마스터 카논의 모습이었다.

마족들은 그 모습에 벌벌 떨기 시작했다.

마족들은 기억을 공유한다.

그들이 공유한 기억 속에 카논은 인간이 생각하는 악마와 같은 느낌이었다.

"죽어라……!"

카논의 육체를 입은 상두는 달려들었다.

마치 새로운 육체를 얻은 것 같았다.

그의 움직임은 재빨랐고 공격은 날카로웠다.

날카로운 공격이 마족의 육체에 닿을 때마다 폭발하듯 터져 버렸다.

삽시간이었다.

상두는 순식간에 마족들을 모두 쓰러뜨렸다.

엄청난 실력자들을 모두 쓰러뜨렸는데도 그는 숨 하나 흐트러지지 않았다.

사방으로 마족과 인간의 피 냄새가 뒤섞여 어지럽게 만들었다.

그런 와중에도 그는 한곳만 응시했다.

"오카오쿠."

그것은 오카오쿠.

상두는 아르페지오를 잡고 있는 그에게 다가갔다. 그는 재미있다는 듯 상두를 바라보았다.

"당신… 옛날의 모습으로 돌아왔군."

오카오쿠는 잔인하게 웃음을 지으며 말을 이었다.

"빨리 오지 않으면 네 여자는 죽. 는. 다."

"그전에 네가 죽을 거다."

상두의 모습이 사라졌다.

오카오쿠는 당황했다.

겉모습만 카논으로 화한 것이 아니었다.

그 속도나 힘도 카논으로 화했다는 것을 그는 깨닫고 말았다.

"모습 드러내라!"

오카오쿠의 외침!

"그러지."

상두의 모습이 드러났다.

그와 동시에 오카오쿠의 머리가 폭발했다.

어떠한 공격도 없었다. 비명도 없었다.

그저 눈빛만으로 그의 머리가 폭발한 것이다.

비명도 지르지 못하고 그는 쓰러진 것이다.

압도적인 힘.

이것이 바로 카논의 힘이었다.

카이데아스와 다툴 수 있었던 최강의 힘이었던 것이다.

불가사의했다.

도대체 어떠한 이유에서 이런 힘이 나왔는지 알 수가 없었다.

연관이 있다고 한다면 검은 기운을 흡수했다는 것뿐이었다.

오피나의 사람들은 검은 기운에 반응이 없는 것으로 봐서는 이 상두의 육체가 특이하게 반응하는 것이 분명했다.

하지만 상두의 영혼 카논은 격투가 클래스였다.

마법사가 아닌 다음에야 이런 반응을 설명할 수가 없었다.

"어라……?"

갑자기 그의 몸에서 빛이 뿜어져 나오더니 다시 상두의 모습으로 화했다.

이제 카논의 모습은 어디에도 없었다.

상두는 생각했다.

강해지고 하는 열망을 흡수한 검은 에너지가 발현해준 것이었다.

그의 생각 속에서 가장 강한 존재는 바로 카논.

그래서 상두의 육체를 입기 이전 카논의 모습을 화했던 것이다.

일단 상두는 아르페지오를 살폈다. 큰 상처를 입긴 했지만 생명에는 지장이 없는 것 같았다.

하지만 아르페지오가 문제가 아니었다.

이 북방의 진지는 전멸했다.

침공했던 마족의 군대도 전멸하기는 했지만 이곳이 빠르게 복구되지 않는다면 마족의 것이 되고 말 것이다.

그나마 다행인 것은 성물의 힘이 아직 남아 있다는 것이었다.

그동안은 마족의 침공이 없을 것이지만 이곳이 성물의 힘이 미약한 곳이기도 하고 눈보라가 치면 성물의 힘이 사라지기도 하니 안심할 수가 없었다.

"어서 빨리 돌아가 이 사실을 알려야 한다."

그가 할 수 있는 어서 빨리 카르카손으로 돌아가 이 사실을 알리는 것이었다.

하루라도 빨리 돌아가야 한다.

빨리 돌아갈 수 있는 방법이 있기는 있었다.

그것은 바로 천둥새를 이용하는 것이었다.

지난번 천둥새는 춥다는 이유로 상두의 요청을 거부했다.

이번에도 분명히 거부할 수 있을 것이다. 하지만 상두는 포기할 수 없었다.

"시도나 한번 해보자고."

상두는 품속에서 천둥새의 깃털을 꺼냈다.

천둥새라면 빠르게 본진으로 이동시켜 줄 것이다.

그가 깃털을 쥐고 눈을 감자 깃털에서 빛이 뿜어져 나왔다.

수 시간이 지나자 천둥새가 멀리서 날아왔다.

'이번에는 떠나지 마라.'

상두는 깃털을 잡고 그렇게 생각했고 천둥새는 이번에는 제대로 그의 앞에 착지했다.

―무슨 일로 나를 부른 건가. 귀찮아 죽겠는데……

"나를 카르카손으로 데려다 주시오."

―내가 무슨 이유로 자네를 도와야 하는가?

"약속을 하지 않았습니까.

―흠…….

변덕쟁이 천둥새였다. 하지만 그는 약속했다. 영수라면 약속을 소중히 여겨야 한다.

그렇지 않으면 영수들의 세계에서 비웃음거리가 된다.

─좋아, 태워주지. 다음부터는 귀찮게 하지 마라.

상두는 고개를 끄덕였다.

상두는 정신을 잃은 아르페지오를 데리고 천둥새에 올랐다.

─카르카손으로 출발한다.

천둥새는 그렇게 읊조리고는 힘차게 날갯짓을 하여 공중으로 쏜살같이 솟아 올랐다.

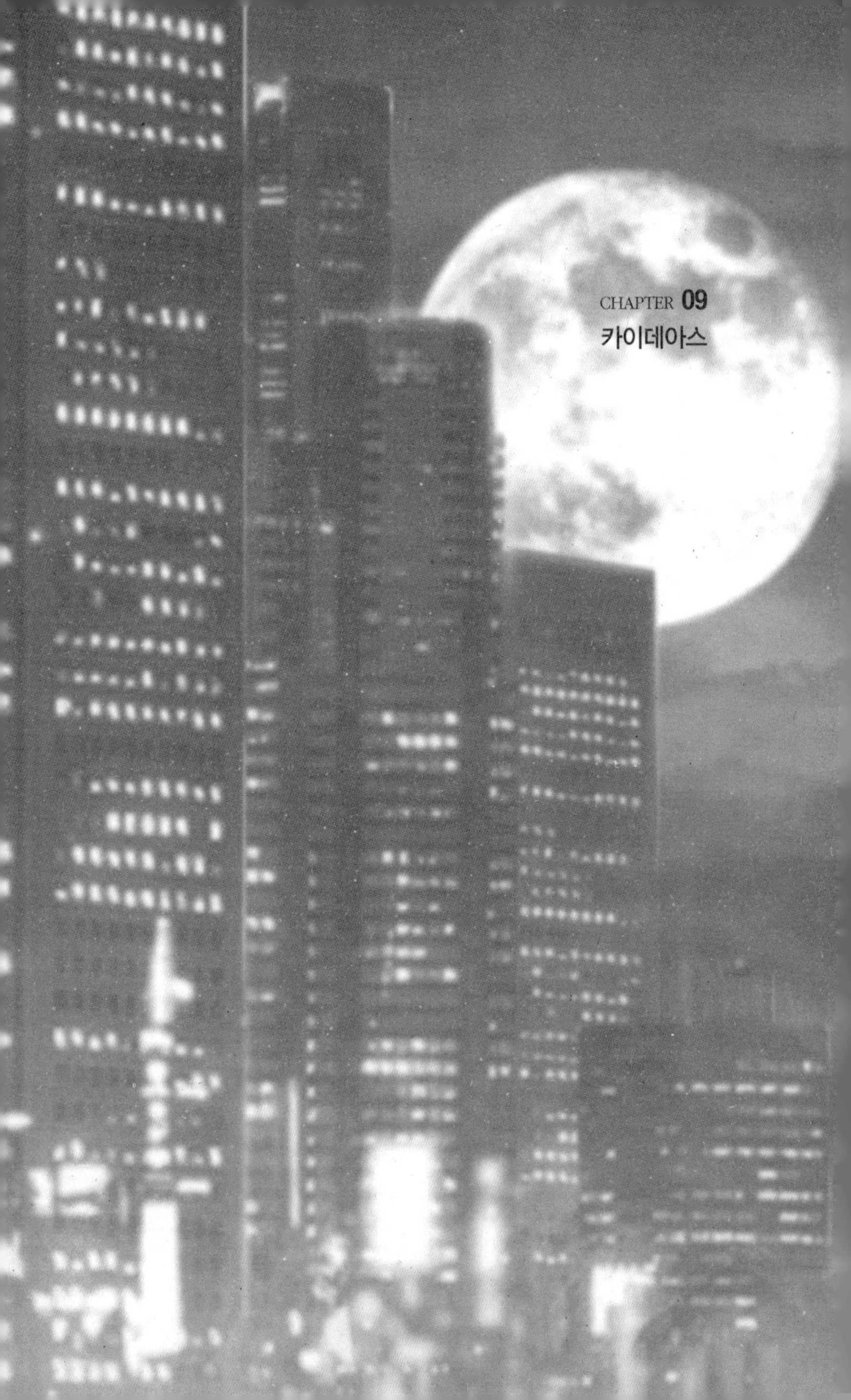

CHAPTER 09

카이데아스

상두는 지금 의사 겸 신관에게 검사를 받고 있었다.

그는 대륙 전체에서 가장 저명한 현자로 알려진 토로트였다.

상두가 그를 찾은 것은 그의 육체에 대한 특이점을 찾기 위해서였다.

검은 기운을 흡수하면 힘이 충만해지고 거기에 다른 육체까지 만들어 낼 수 있는 힘의 근원을 알고 싶었던 것이다.

그것의 비밀이 풀린다면 더욱더 오랫동안 카논의 육체를 유지할 수 있을 것이다.

"흠……. 모르겠군… 모르겠어……."

하지만 토로트는 고개를 절레절레 흔들었다.

그의 특이점을 찾아내지 못하고 있었던 것이다.

"해부학을 통하면 어느 정도 특이점을 찾을 수 있겠지만… 지금 오피나에서는 해부학이 태동하는 단계란 말이지. 그리고 해부학이라면 당연히 몸을 칼로 베어야 하는데 살아 있는 자네에게 그럴 수는 없고……."

한마디로 지금은 그 힘의 정체를 알 수가 없다는 말이었다. 상두는 적잖게 실망했다.

가장 저명한 현자라면 알 수 있을 거라고 생각한 탓이었다.

"하지만 한 가지 단언할 수는 있네. 자네의 힘은 빛의 신 에호라임께서 인간들을 긍휼이 여겨 내려준 천상의 힘일 거야."

끝맺음은 학자의 말이 아닌 신관의 말로서 끝냈다.

상두는 고개를 끄덕였다. 그는 신의 존재는 믿지 않았지만 이것은 정말로 인간을 위해 신이 내려준 힘이라고 생각될 수밖에 없었다.

이 힘이라면 다시 카이데아스를 봉인할 수도 있을 것이다.

"그럼 돌아가 보겠습니다."

그는 더 이상 소득이 없으니 돌아갈 수밖에 없었다. 입맛을 쩝 다시는 것이 굉장히 아쉬운 것 같았다.

상두는 꾸벅 인사를 하고 교회 밖으로 나갔다.

"그 이후로 육체가 변하지 않는단 말이지……."

돌아가는 가운데 그는 곰곰이 생각했다.

그는 검은 기운을 아무리 흡수해도 카논의 육체로 변환되지 않았던 것이다.

마족의 기운도 흡수해야 되나 싶어서 마족의 진영까지 찾아가 담판을 지은 적도 있었다.

하지만 모두가 소용이 없었다. 변환되지 않았다.

"도대체 어떤 상관 관계들이 있는 거야."

그는 머리를 쥐어짜며 고민했지만 답은 쉽사리 떠오르지 않았다.

저명한 신관이자 의사이자 현자인 토로트 역시 알 수 없는 것을 그가 알 수 있을 리 만무했다.

그저 이 힘을 사용할 수 있는 방법만 주구장창 찾아내는 것으로 만족하기로 했다.

고민하는 그가 향하는 곳은 병원이었다.

아르페지오는 오카오쿠에게 당한 여파로 아직까지 병원신세를 지고 있었던 것이다.

천둥새를 타고 오지 않았더라면 그녀 역시 그곳에서 죽었을지도 모른다.

병원까지 가는 발걸음은 가볍지가 않았다.

그가 조금 더 강했더라면 그녀가 그렇게 당하지는 않았을 것이다.

모든 것은 그가 약한 탓이었다.

"그런데 이 기분은 뭐지……?"

아르페지오에게 미안한 감정을 가지는 것을 제외하고 이상한 기분이 느껴졌다.

무겁게 내리깔리는 불길한 기운.

어디선가 느껴본 기운이었지만 기억이 나지 않았다.

"기분 탓인가?"

그는 아르페지오를 제대로 구하지 못한 죄책감으로 인한 기분 탓이라고 여기고 발걸음을 옮겼다.

병원에 도착했을 때 아르페지오는 콧노래를 부르며 십자수를 놓고 있었다.

그녀의 솜씨는 여느 여염집 처자 못지않았다. 칼만 잡을 줄로만 알았지 바늘을 잡는 것은 상상도 못할 것이었다.

상두가 도착한 것을 발견하자 그녀는 화들짝 놀라 십자수를 감추었다.

하지만 늦었다. 이미 상두의 눈에 포착된 것이다.

"당신도 그런 걸 만들 줄 알아?"

상두의 장난 섞인 질문에 그녀는 콧방귀를 끼며 대답했다.

"나도 여자라구요."

그녀는 얼굴을 붉혔다. 상두는 그녀의 그런 모습이 사랑스러워 이마에 키스했다.

아르페지오의 얼굴은 이제 붉어지다 못해 폭발할 정도로 상기되었다.

두 사람은 여러 가지 이야기를 나누었다.

그녀의 기분을 좋게 하기 위해 상두는 더욱더 과장되게 이야기를 나누었다.

그 모습에 아르페지오는 즐거운 듯 계속 깔깔거렸다.

"아버지한테 많이 혼났죠?"

상두는 고개를 끄덕였다.

도착했을 당시 들었던 코르테스의 잔소리가 다시 생각나는 듯 상두는 몸서리쳤다.

"나잇살 먹어가지고 어린아이를 데리고 장난치는 거냐고 욕먹었지. 그러고 보니 당신의 나이도 묻지 않았네. 몇살이야?"

상두의 물음에 그녀는 대답했다.

"스물넷이요."

스물넷이라는 말에 상두는 헛웃음을 보였다.

"어린애라고……?"

스물넷이면 오피니아에서 혼기를 놓친 노처녀에 속했다.

"비웃는 거예요? 그래요 나 노처녀예요."

도둑이 제발 저린다고 그녀는 상두를 쏘아보며 말을 이었다.

"기사단이 되느라 시간을 버렸어요. 거기에 이제 마족의 침공 때문에 또 시간을 버렸어요. 결혼 시기를 놓치는 건 어쩌면 당연하잖아요."

그녀의 말에 상두는 그녀의 손을 꼭 잡아주었다.

"비웃지 않아. 당신은 노처녀가 아니야. 절대로……. 그쪽 세계에서는 여자가 서른이 너머도 시집을 안 가는 경우도 꽤 있어."

아르페지오는 눈을 크게 떴다.

"그 정도면 완전히 할머니잖아요."

상두는 그녀의 말에 고개를 끄덕이며 키득키득거렸다.

그렇게 즐겁게 웃고 즐기는 가운데에도 상두의 마음은 한 구석이 편치가 않았다.

무겁고 가라앉는 불쾌한 기분을 계속해서 느끼고 있는 것이다.

'뭐지… 이 기분은……?'

계속 신경에 거슬렸지만 아르페지오를 생각해 티를 내지는 않았다.

"돌아갈게. 쉬고 있어."

한참을 노닥거렸다. 이제 돌아갈 시간이었다.

상두는 자리에서 일어났다.

환자와 너무 오랜 시간 있었다. 그녀에게는 안정이 필요할 것이다.

아직까지 그녀는 환자니까.

"조금 더 있다 가면 안 되요?"

그녀는 상두에게 응석을 부렸다. 상두는 그녀의 말투를 흉내 내며.

"으응. 안 돼."

상두는 고개를 가로저었다.

그녀는 어쩔 수 없이 상두를 보낼 수밖에 없었다.

오늘만 날이 아니었다. 언제고 다시 만날 수 있는 그런 연인 사이가 아닌가.

상두는 몇 번이고 보내기 싫어하는 아르페지오를 달래주고서야 밖으로 나올 수 있었다.

병원 밖으로 나온 상두는 자꾸만 느껴지는 불길한 기운에 정신을 차릴 수가 없었다.

'도대체 이 기분은 어디서 느껴 봤더라⋯⋯.'

아무리 생각해도 기억이 나지 않았다. 이런 느낌을 처음 느껴 본 것인지 너무도 기억하기 싫어서 기억에서 지운 것인지 알 수가 없었다.

그때에 온 성안에 경보종이 울린다.

"뭐지!"

상두는 불긴한 기분 때문에 더욱더 깜짝 놀라고 말았다.

이런 기분이 사실이 되면 정말로 불길한 일이 생기곤 한다.

그는 빠르게 내달렸다.

무슨 일인지 빨리 확인하고 싶었다. 그리고 이 불길한 기운을 떨치고 싶었다.

사람들은 미친 듯이 비명을 지르며 도망치고 있었다.

"성내에 습격인가!"

상두는 놀라고 말았다.

남쪽 루트를 통한 침공 이후에 잠잠했던 마족들이 이제는 새로운 루트로 공격을 가하고 만 것인가!

하지만 그런 루트는 존재하지 않았다.

소수나마 제대로 된 감시망이 조직이 되어 마족의 동태를 살피고 있기 때문이었다.

상두는 사람들을 헤치며 빠르게 나아갔다.

빠르게 내달리던 그의 발걸음은 서서히 멈춘다. 불길한 기운을 떨쳐 내고 싶지만 그렇게 할 수가 없을 것 같았다.

그는 점점 불길한 이 기분의 정체를 기억해냈다.

"카이……."

그의 온몸이 부들부들 떨렸다.

이것은 공포.

절대적인 공포로 인한 떨림이었다!

"카이… 데아스!!"

그 불길한 기운의 정체는 바로 카이데아스였다.

마신 카이데아스!

그 역시 상두를 발견했다.

"여어! 자네가 그 상두 맞나?"

그는 마치 오랜 친구를 만난 듯 살갑게 인사했다.

상두는 두려움에 다리가 덜덜 떨리며 주저앉을 뻔했다.

하지만 그가 쓰러지면 이 세계도 쓰러지는 것이다.

"카이데아스!!"

상두는 두려움을 뛰어넘어 빠르게 카이데이스를 향해 내달렸다.

굉장한 속도였다.

이런 속도로 주먹을 내지른다면 커다란 바위도 부서질 것이다.

카이데아스도 예전보다 약해졌다고 하니 치명적이지는 않아도 어느 정도 충격은 입을 것이다.

하지만…….

"그런 공격은 통하지 않잖아."

카이데아스는 순간이동으로 공격을 피했다.

상두는 중심을 잃어 휘청거렸지만 이내 다시 균형을 잡

왔다.

"네놈이 순간이동을 한다는 것을 까먹고 있었군."

상두의 읊조림에 카이데아스가 이죽거린다.

"기억력이 형편없군, 친구."

상두는 그의 말에 장단을 맞춰줄 생각이 없었다. 그가 궁금한 것만 물어볼 뿐이었다.

"이곳에는… 왜 온 거냐!"

상두의 물음에 카이데아스는 히죽 웃음을 보였다.

그것은 이 세상 어떠한 웃음보다 차가운 웃음이었다.

실제로 날아가던 새도 그의 웃음의 차가운 기운에 땅으로 떨어져 내렸다.

"심심해서."

"심심?"

하지만 대답은 기분 나쁠 정도로 심플했다.

"이 세상을 모두 점령할 때까지 기다리기 심심해서 말이야. 천천히 정복의 기분을 느끼려고 했지만, 아무래도 본부를 습격하는 게 더 효율적이고 빠르지 않겠어? 이제 피오니아라는 장난감도 슬슬 지겨워 졌거든."

"이 빌머먹을 놈!!"

상두는 그를 향해 달려들었다.

수억의 사람들이 밟고 사는 땅.

수많은 동식물이 살아가고 있는 이 땅.

이 땅을 장난감으로 표현하고 있는 카이데아스를 상두는 용서할 수가 없었다.

"나에게 오려면 한참 멀었어, 친구."

카이데아스는 눈웃음을 치며 손가락을 튕겼다.

그러자 상두의 앞으로 마족과 마물들이 튀어나와 그를 막아섰다.

일전에 오카오쿠와 부하들들은 상대도 되지 않을 정도로 강맹한 기운이 흘러나오고 있었다.

"후훗……."

하지만 상두는 이제 이들이 무섭지 않았다.

그에게도 새로운 힘이 생겼다. 그 힘을 사용한다면 이 앞의 마물과 마족쯤은 식은 죽 먹기일 것이다.

"하아압!!"

그는 기합과 함께 마족과 마물들에게 달려들었다.

휘몰아쳤다.

상두의 주먹과 발이, 상두의 강렬한 에너지가 휘몰아쳤다.

마물과 마족들의 육체가 사방으로 튀어 올랐다.

그와 동시에 그들의 몸속의 검은 기운이 상두를 향해 빨려 들어갔다.

그렇게 검은 기운은 빠르게 빨려 들어갔고 그의 몸속에서 푸르게 정제되었다.

상두는 순식간에 모든 마수를 쓰러뜨렸다. 덕분에 꽤나 많은 에너지가 정제 되었다.

"브라보!"

카이데아스는 박수를 치며 상두를 격려했다.

"빌어먹을 놈."

상두는 그의 격려가 비웃는 것 같아 기분이 나빠졌다.

"이 세상에 다시 부활한 것을 후회하게 만들어주마!!"

상두의 몸에서 빛기둥이 솟아 나왔다. 카이데아스도 그 빛이 눈에 부시는 듯 눈을 가렸다.

그 빛의 기둥이 사라지자 카논의 모습이 드러났다.

눈을 가린 손을 내리자 마신 카이데아스에게도 친근한 얼굴의 남자가 서 있었다.

"오호, 정겹고 그리운 얼굴이군, 카논!"

카이데아스는 아직도 여유를 부렸다.

논에게 봉인시의 기억은 잊은 듯했다.

과거는 반복된다는 오피니아의 속담을 그가 알 리가 없으리라.

"하아압!!"

상두는 빠르게 내달렸다.

그리고 공격을 펼쳤다.

하지만…….

"이럴수가!"

상두는 당황했다.

상두의 모든 공격이 카이데아스의 한치 앞에서 모두 튕겨져 나간 것이다.

"한 대도… 한 대도 맞지 않았어!"

상두는 당황했다.

그의 주먹이 카이데아스에게는 어느 정도 통할 것이라고 생각했었다.

하지만 닿지도 스치지도 못했다.

"내가 봉인되어 있으면서 나중을 위해 대비조차 안했던 것 같아? 매일 매일을 매 시간을, 아니 일 분 일 초도 네 생각을 안 해본 적이 없어. 네놈을 쓰러트릴 생각밖에 하지 않았다."

카이데아스는 상두를 향해 손을 뻗었다!

그러자 충격파가 뻗어 나와 상두를 튕겨냈다.

"크아악!"

그 충격파만으로도 상두는 고통스러운 비명을 질러댔다.

"아직 끝이 아니야."

날아가는 상두의 옆에 나타난 카이데아스.

그는 상두를 그대로 내리쳐 땅 바닥에 처박히게 만들었다.

"옛날처럼 다해보란 말이야."

카이데아스는 예전보다 힘이 약해졌다고 한다.

하지만 그 힘은 전 세계를 상대로 하는 힘일 뿐이었다.

상두 아니 카논을 상대하려는 힘은 전혀 약해지지 않았다. 오히려 더 강해져 있었다.

봉인의 시기 동안 그는 카논을 이길 생각만 하고 있었던 것이다.

상두는 무참히 당했다.

카논의 육체를 입었는데도 그는 상대가 될 수가 없었다.

절망감.

상두의 눈에는 절망감이 가득했다.

카논의 육체를 입으면 해결 될 것이라고 생각했다.

하지만 그것은 그의 혼자만의 생각일 뿐이었다.

"이렇게 싱겁게 끝날 줄 몰랐는데? 예전에는 이것보다 훨씬 더 끈덕졌잖아."

카이데아스는 상두의 멱살을 잡아 들어올렸다. 그러자 그의 몸에서 빛이 뿜어져 나오더니 다시 원래의 상두의 모습으로 돌아왔다.

"오호라 이거 재미있는 현상이야. 하지만……."

상두의 얼굴을 향해 주먹을 겨눴다.

"이제 끝이다!"

그는 주먹을 강하게 내질렀다!

"아니!"

하지만 그의 공격을 상두의 얼굴에 닿지가 않았다.

"네놈은 누구냐!"

검은 머리의 검은 눈동자를 지닌 남자.

검은 수염에는 약간의 흰 수염이 깃들어져 있는 중년의 남자가 상두를 옆구리에 낀 채 서 있었다.

그가 카이데아스에게서 상두를 다시 구해낸 것이다.

"사, 사부님……."

상두는 그의 사부를 확인했다. 시야가 점점 흐려지기는 했지만 사부임을 확인하는 데는 충분했다.

"그래, 나다, 카논……. 모습이 많이 바뀌었구나."

그는 상두를 내려놓았다. 상두는 다시 일어나려고 했다.

하지만 다리에 힘이 들어가지 않아 불가능했다.

"그만… 그렇게 있어도 된다."

사부는 제자가 안타까운지 그를 다시 눕혔다.

"잘 버텨주었다, 내 제자야."

사부는 그의 머리를 잠시 쓰다듬고는 앞으로 나아갔다.

"사부님……."

거물거물 감겨오는 상두의 눈에 들어오는 것은 카이데아스를 향해 내달리는 사부의 모습이었다.

그렇게 상두의 눈은 감겨져 왔다. 이대로 눈을 감으면 안 된다.

그는 눈을 떠서 일어나 카르카손을…….

전 세계를 구해야 한다.

하지만 눈은 속절없이 그대로 감기고 말았다.

＊　　　＊　　　＊

허름한 동굴의 거처.

그곳에는 허름한 가재도구들이 놓여 있었다. 전 세계가 마신 카이데아스의 압제 속에 있다.

그런 가운데 이런 가재도구들도 감지덕지이다. 그래도 없는 것이 없는 그런 살림살이였다.

가재도구 중에 가장 큰 침대 위에는 상두가 잠들어 있었다. 그는 극심한 체력 소모가 있었는지 깨어나지 못하고 있었다.

그를 위한 탕약을 준비하는 사부.

그는 얼마 전에 채취한 나무 약초들을 모두 넣고 탕약을 만들었다.

그 모습이 마치 저쪽 세계의 한의사를 보는 것만 같았다.

약탕을 달이는 동아에도 그는 몸을 매만졌다. 그 역시 카이데아스와의 대결을 통해 많은 부상을 입었다.

이렇게 서 있는 것도 사실 굉장한 정신력이 바탕이 되어 있어야 가능했다.

"으… 으윽……."

상두가 정신을 차렸다.

그는 잠시간 눈을 뜨고 천장만 응시하고 있었다.

그러다 이내 주위를 두리번거렸다. 그러더니 머리가 깨질 듯 아픈지 감싸 쥐었다.

"이제야 정신이 드느냐."

사부는 상두에게 다가와 그의 이마에 손을 대보았다.

"열은 없구나."

상두는 익숙한 목소리에 사부를 올려다보았다. 그 역시 몸이 좋지 않은 듯 안색이 파리했다.

"사부님……."

그래도 그는 반가운 표정이 역력했다. 하지만 이내 실망감으로 표정이 바뀌었다.

"꿈이…아니군요."

상두의 말에 사부는 고개를 끄덕였다. 모든 거의 현실 속에 있었던 사건이었다.

상두는 그것이 애써 꿈이라고 생각하고 있었던 것이다.

"일단 이것부터 마셔라."

사부는 상두를 위해 탕약을 내어왔다.

쓴 냄새가 진동하는 독약과 같은 느낌의 약이었다.

하지만 상두는 그것을 군말없이 받아 마셨다.

"예전에는 탕약이 쓰다고 싫다고 하더니 이제 잘 받아먹는구나."

"저쪽 세계에서 많이 마셔봤거든요."

저쪽 세계라는 말에 사부는 눈가가 파르르 떨렸다.

"지금 저쪽 세계라고 했느냐?"

상두는 고개를 끄덕였다. 사부의 태도에 약간의 의구심이 드는 그였다.

"저족 세계라 함은 어디를 말하는 것이냐."

"한국입니다."

"한국이라……."

그는 생각에 잠겼다. 상두는 그런 사부를 물끄러미 바라보았다.

고민하는 모습을 보이 그 역시도 저쪽 세계의 사람이었다.

어쩐지 이곳 사람들과는 달리 검은 머리에 검은 눈동자를 지녔다했다.

"사부님도 저쪽 세계 사람이세요?"

그는 고개를 끄덕였다.

"아무도 믿어주지 않았지. 그래서 저쪽 세계는 잊고 살아갔다. 내가 살던 곳은 조선이라는 나라이다."

조선이라는 말에 상두는 눈을 크게 떴다. 조선은 상두가 국사시간에 배웠던 나라의 이름이었다.

"제가 살던 한국이 조선의 후대 나라예요!"

상두의 말에 사부는 헛하는 신음을 내뿜었다.

아무리 사제 관계라고 할지라도 이렇게 관계있을 수는 없었다.

이것은 진정 하늘이 맺어진 사제지간인 것이다.

"그래 그곳은 어떻더냐? 부강한 나라가 되었더냐?"

사부는 궁금했다. 언제나 그의 조국은 가난했다.

보릿고개만 되면 먹거리의 걱정을 넘어서 사람이 죽을지 살지를 걱정해야 했다.

그의 물음에 상두는 고개를 끄덕였다.

"세계 10위권의 경제대국이고 선진국 반열에 들어섰다고 해도 과언이 아니에요."

상두의 말에 그의 눈에는 눈물이 맺혀갔다.

강한 나라가 되었다고 하니 그는 안심이 되었다. 그의 나라 조선도 그렇게 약한 나라는 아니었지만 주변 강대국에 의해 눈물을 삼켜야 했다.

그 조선의 후대인 한국은 그렇지 않기를 사부는 간절히 빌었다.

"그립구나……. 정말 그곳이 그립구나……. 아름다운 곳이지."

고향을 떠난 지 어언 30년. 고향이 그리울 만도 했다.

"그나저나 그 육체는 그쪽 세계 사람의 것이냐."

상두는 고개를 끄덕였다.

"특이한 경우로구나. 오피나아의 사람의 영혼이 저쪽 세계 사람의 몸속에 들어가다니……."

"그나저나 아르페지오는… 그리고 코르테스 공은 어떻게 되었습니까?"

상두의 관심사는 그것이었다. 그의 물음에 사부는 고개를 가로 저었다.

"그 사람들은 내가 누군지 몰라서 확인하지는 못했다. 하지만 꽤나 많은 사람들이 피신을 했으니 그 가운데 살아 있을 것이다."

사부의 말에 상두는 어느 정도 안심이 되었다. 아르페지오나 코르테스가 그렇게 쉽사리 죽은 사람들은 아니었다.

"카르카손은?"

이제는 카르카손에 대해서 물었다. 그곳은 인간의 본진이다.

그곳이 함락되면 인류의 항거는 더욱더 힘들어진다.

"파괴되었다. 내가 카이데아스를 막아보려 했지만 역부족이었다. 카르카손은 그의 힘에 의해 소멸되다시피 했다."

그의 말에 상두는 몸을 일으켰다.

"으윽……."

그런 이야기를 듣고 가만히 앉아 있을 수만은 없었다. 어떻게든 카이데아스의 야욕을 중단시켜야 했다.

"왜 더 누워 있지 그러나."

사부는 다시 상두를 눕히려 했다. 지금 그에게 가장 중요한 것은 바로 절대 안정이었다.

하지만 상두는 힘으로 버티더니 일어났다.

"어디를 가려는 거냐."

사부의 물음에 상두는 빠르게 대답했다.

"당연히 카이데아스를 향해 갑니다."

"네놈이 드디어 미쳐도 단단히 미쳤구나."

사부의 말에 상두는 고개를 절레 흔들었다.

"미쳤어도 상관이 없습니다. 어떻게든 그와 대결을 하고 이겨내야 합니다."

"지금의 너는 이길 수 없다."

사부의 말에 상두는 고개를 끄덕였다. 그 역시 아주 잘 알고 있었다.

그는 자신의 힘을 과신하는 사람은 아니기에.

"잘 알고 있습니다! 하지만 앉아서 당할 수만은 없습니다! 사부님과 제가 함께 힘을 합친다면!"

상두의 얼굴에 사부의 따귀가 날아왔다. 상두는 놀란 듯 눈이 커졌다.

"정신을 차려라. 지금 가면 개죽음이다."

"도망치다가 죽는 것 역시 개죽음입니다. 같은 개죽음이라면 싸우다 죽는 영광스러운 개죽음을 택하겠습니다!"

"어리석은 놈아! 조금 더 방법을 강구해봐야 되지 않겠느냐!"

"그렇다면 방법이 있다는 말씀입니까?"

상두의 물음에 사부는 고개를 끄덕였다.

생각해 보면 상두가 되기 이전의 카논은 사부의 모든 수련을 마치지 않았던 것 같았다.

"너는 수련을 하는 것이다. 네놈이 내 수련을 모두 받지 않고 떠났으니 이번에는 완벽하게 수련을 시켜주겠다. 그렇다면 네놈은 나보다 갑절은 더 강해질 수 있겠지."

갑절.

사부는 카이데아스와의 대결에서도 밀리지 않았고 이렇게 다시 돌아왔다.

그것만으로도 엄청나게 강하다고 할 수 있다.

하지만 사부의 갑절은 더 강해진다?

그렇다면 이 세상에서 그보다 강한 사람은 없다고 봐야 한다.

"그게 정말입니까?"

상두의 물음에 그는 고개를 끄덕였다.

"속고만 살았느냐. 일단… 오늘은 쉬거라. 배고프지? 곧 밥을 만들어 주겠다."

사부의 말에 상두는 고개를 끄덕였다.

마음을 추슬러야 했다.

사부에게는 카이데아스에게로 달려간다고 말했지만, 아직도 그를 생각하면 두려움에 몸이 떨려온다.

그런데 그가 어떻게 카이데아스와 대결하겠는가.

상두는 몸을 전부 추슬렀다.

사부가 정성껏 치료를 해주었건만 회복되는 데에는 생각보다 오랜 시간이 걸렸다.

하지만 그러는 동안에도 사부는 상두에게 새로운 수업 이야기를 하지 않았다.

마치 그 수련에 대해서만 까맣게 잊은 사람처럼 느껴졌다.

'수업 이야기를 먼저 꺼낸 것은 자기면서……'

상두는 불안함과 초조함이 커져만 갔다.

이러는 동안에도 카이데아스는 그의 야욕을 대륙에 펼치고 있을 것이다.

어쩌면 대륙의 모든 생명을 말살했을 수도 있다.

그야말로 인류를 멸망시켰을 수도 있다.

그렇게 되기 전에 상두 자신이 일어나야 한다.

하지만 그가 일어나려면 사부의 마지막 남은 훈련을 받아야만 한다.

하지만 아직도 사부는 묵묵부답이었다.

"가자."

갑자기 사부는 상두를 이끌었다. 어디로 가는지는 몰랐다. 하지만 상두는 직감적으로 알 수 있었다.

드디어 사부의 수업이 시작되는 것이었다.

사부가 상두를 데리고 간 곳은 동굴 거처에서 멀리 떨어지지 않는 곳이었다.

그곳은 허허벌판이었다.

"이곳에서 무슨 수련을 한다는 거죠? 게다가 마족들에게 쉽사리 발각되겠어요."

상두의 말에 사부는 아래를 가리켰다.

"주의력이 많이 산만해졌구나. 주변을 잘 살피라는 내 가르침은 잊은 것이냐?"

사부는 상두의 발아래를 가리켰다. 그 아래에는 문이 있었다.

"이것은?"

상두의 물음에 사부는 나지막히 말했다.

"이곳에는 이제 네가 받아야 할 수련을 할 수 있는 공간으로 이어져 있었다. 이곳에서 살아 돌아온다면 거는 경천동지할 힘을 사용할 수 있게 될 것이다."

사부의 말에 상두는 고개를 끄덕였다.

믿기지는 않았다.

지금의 사부보다 더 강해진다는 것은 그로서는 상상도 못할 일이었다.

하지만 사부는 언제나 거짓말을 한 적이 없었다.

그러니 이번에도 그의 말을 믿어볼 수밖에 없었다.

"들어가거라."

사부는 제자를 위해 친히 문을 열어 주었다. 문을 열자 수직으로 이어진 통로가 보였다.

"가라!"

사부는 상두를 그 통로로 밀어 넣었다.

"으아아아아아!"

상두는 당황하여 큰 소리를 외쳤다. 생각보다 높지 않았다.

쿠웅……!

떨어졌을 때 묵직한 느낌을 받기는 했지만 죽을 만큼은 아니었다.

그는 일어나 몸을 털었다.

"신비한 곳이로군."

수직통로 아래는 커다란 공간이 있었다.

조명이 없는데도 빛이 나는 이상한 공간이었다. 이것에 벽면에는 기묘한 움직임의 벽화가 그려져 있었다.

"이것을 따라하면 되는 것인가?"

상두는 이곳에 그려진 움직임을 사부도 했던 기억을 떠올렸다.

상두는 그대로 그 행동을 순서대로 따라하기 시작했다.

"아니!"

그러자 그의 온몸에 기운이 제대로 움직이는 것을 느낄 수가 있었다.

그리고 몸에서 힘이 가득 흘러나오는 것도 느낄 수가 있었다.

"이거… 정말 대단한데!"

상두는 신이 나서 동작들을 모두 따라하기 시작했다. 이렇게 상두의 수련은 시작되었다.

『권왕강림』 6권에 계속…

ALCHEMIST
알케미스트

FUSION FANTASTIC STORY 시이람 장편 소설

2013년, 또 하나의 현대물이 깨어난다.
현대에서 펼쳐지는 연금마법진의 진수!

인간 최초의 9서클을 이룩한 마법사 아스란.
죽음의 위기에서 그가 남긴 유지가
차원을 넘어 지구에 떨어진다.

일리미트 비블리어시카(Illimite bibliotheca)!

그 무한한 힘과 지식을 얻게 된 김창준.
3년 전으로 돌아간 날을 기점으로,
삶이, 인생이, 그의 희망이 바뀐다!

**현대에 강림한 진정한 마법사의 전설!
끝도 없이 세상을 향해 날개를 펼치다!**

Book Publishing CHUNGEORAM
유행이 아닌 자유추구 -
WWW.chungeoram.com